가시나무 그늘

이승우

청소년
현대문학선 014

가시나무 그늘

이보름 그림

문이당

●●●

청소년 판을 내면서

누구에게도 다른 사람을 억압할 권리는 주어져 있지 않습니다. 집중화된 권력이 나쁜 것은 인간을 억압하기 때문입니다. 인간을 억압하는 권력의 모습은 정치 현실만이 아니라 일상의 사소한 영역에서도 흔하게 발견됩니다.

지배와 복종의 문제는 인간의 역사만큼 유구하고, 그러니까 역사적 주제이고, 사회 전반에 두루 펼쳐져 있고, 그러니까 사회적 주제이고, 그런가 하면 우리의 은밀한 욕망과 관련되어 있습니다. 그런 점에서 심리적인 주제이기도 합니다.

내 소설 서두에 인용한 에리히 프롬의 통찰대로 권력의 억압적 성격 못지않게 권력에 복종하려고 하는 대중의 심리가 심각한 문제입니다. 왕, 곧 지배자를 요청하는 인간의 욕망은 왕이 없는 것보다는 낫다고 생각하고 가시나무를 왕으로 추대하는 구약 성경의 한 우화를 통해 여실하게 드러납니다.

1980년의 우리나라 정치·사회적 현실을 배경에 깔고 그와 같은 본질적이지만 다소 관념적인 화두를 풀어 보려는 의욕에서 이 소설은 태어났습니다. 권력을 남용하는 지배자의 반인륜적 횡포와 반역사적 해악을 소홀하게 다루자는 건 물론 내 의도가 아닙니다. 그런 횡포와 해악이 되풀이되지 않게 하기 위해 반드시 필요한 것이 민중의 각성이라는 점을 강조하려고 하는 것입니다. 권력의 횡포로부터 자유로워지려면 은근히 지배받기를 바라는 우리 안의 복종 심리로부터 자유로워져야 합니다. 이런 모티프에 의해 태어난 이 소설은, 그러니까 사회적이라기보다 심리적인 소설입니다.

청소년들이 이 책을 즐겁게 읽어 가면서, 권력의 속성과 인간의 책임에 대한 희미한 깨달음, 그리고 악한 권력자인 가시나무가 제공하는 그늘을 거부할 수 있는 작은 용기라도 가지게 된다면 더 큰 보람이 없을 것입니다.

2005년 가을

이현

차례 가시나무 그늘

힘은 그 힘이 나타내는 가치 때문이 아니라, 바로
그것이 힘이라는 이유 때문에 매혹시킨다.

— 에리히 프롬

1
봄에 대한 역설

1

버스에 올라타기 전에 나는 대합실 한쪽의 가판대에서 신문을 사 들고 전화를 걸었다. 5월이었고, 함부로 지어진 고속버스 터미널은 벌써부터 찜통이었다.

승차권을 사기 위해 줄을 서 있거나 출발 시간을 기다리며 웅성거리고 있는 사람들의 얼굴이 땀으로 번들거렸다. 그들의 대부분은 대합실 한가운데 세워진 대형 텔레비전 세트에 눈들을 주고 있었다. 화면에는 짧은 치마를 입은 여자 가수가 나와 몸을 흔들며 노래를 부르고 있었다. 노랫소리는 빠르고 거칠었지만, 그것을 쳐다보는 사람들의 시선에는 전혀 감정이 얹혀 있지 않았다. 사람들은 그 가수의 몸짓이나 노래에 대하여, 또는 그것들을 내보내는 텔레비전의 존재에 대하여 의식조차 하지 않는 것처럼 보였다. 의

식조차 하지 않으면서 몰두해 있는─몰두할 수밖에 없는 그들의 모습이 내게는 끔찍하게 보였다.

텔레비전은 거기 있었고, 사람들은 그저 아무 생각 없이 바라볼 뿐이었다. 거기에 그것이 있기 때문에 바라보지 않을 수가 없다는 듯한 표정들이었다. 눈앞에 드러나 있는 것을 바라보지 않을 수 있는 권한은 우리의 것이 아니라는 투였다……. 그들의 모습은 그처럼 기계적이고, 즉흥적이었다.

나는 심한 더위를 느꼈다. 자동판매기에 동전을 넣어 콜라를 뽑아 들고 단숨에 마셔 버렸다. 시계를 보았다. 20분 정도 여유가 있었다. 나는 잠시 생각하다가 전화 박스로 다가갔다. 처음에는 K시에 도착해서 전화를 걸 작정이었다. 아니, 사실은 그런 작정 같은 것도 구체적으로 하고 있지 않았다. 구태여 그 여자에게 나의 여행을 알려야 할 이유가 있는 것도 아니었다. 나는 문득 문희규를 떠올렸고, 거의 충동적으로 그곳으로의 여행을 결정해 버린 터였다. 그곳에 가자면 어쩔 수 없이 K시를 들러야 했다. 그리고 그 여자의 집은 바로 K시에 있었다. 어쨌거나 문희규에게 가기 위해서는 그 여자의 도움을 받지 않을 수 없다는 사실을 나는 깨닫고 있었다.

나는 집을 나서기 전에 내가 그녀의 전화번호를 가지고 있다는 사실을 상기했었다. 잠깐 동안 기억 속을 뒤진 끝에 『인간 실격』이라는 다자이 오사무의 책을 떠올렸다. 그녀를 마지막으로 만났을 때, 연락처를 묻는 나에게 그녀는 그 책에다가 전화번호를 적어 건넸었다. 나는 『인간 실격』의 겉장을 열고 그 안쪽에 적힌 전화번호를 수첩에 옮겨 적었다.

전화번호를 옮겨 적긴 했지만, 그 순간 내가 곧바로 그녀와 통화를 할 수 있으리라는 확신까지 가지게 된 것은 아니었다. 나는 그녀가 이미 K시에 살고 있지 않을 수도 있다고 생각했었다. 예컨대 그녀는 벌써 결혼을 해 버렸을 수 있었다.

다행스럽게도 그녀는 나의 전화를 받았고, 문희규의 이름을 대며 기억을 상기시키자 금세 나를 알아보았다. 나는 지금 그곳을 향해 내려가는 고속버스를 기다리고 있노라고 말했다. 그녀는 몇 시 차냐고 물었고, 나는 20분 후에 떠나는 차라고 대답했다. K시까지 네 시간, 그리고 그곳에서 다시 버스를 타면 한 시간, 약 다섯 시간 후면 희규가 있는 곳에 도착할 수 있을 것이었다.

희규 소식을 들었어요. 뜻밖이에요…… 그래서……. 그렇게 말할 때 나는 알 수 없는 부끄러움을 느꼈고, 그 때문에 말꼬리를 흐렸다. 언젠가부터 부끄러움은 나의 양식이었다. 생각해 보면 모든 것이 부끄러움의 원인이고, 배경이고 동기였다. 살아 있다는 것 자체가 이미 부끄러움인 세월이 있다. 그렇다. 부끄러움을 동반하지 않고는 단 한순간도 말하거나 생각할 수 없는 세월을 나는 살고 있었다. 까닭 없는 부끄러움과 근거가 막연한 죄의식을 강요하는 이 세월에 대한 나의 대응이란 눈 흘김의 차원을 넘어서 본

적이 한 번도 없다.

나의 머뭇거림을 눈치 챘음인가. 그녀는 잠시 생각하는 눈치더니 빠르게 덧붙였다.

"시간에 맞추어서 제가 터미널로 나가겠습니다. 전화로 이야기해 봤자 혼자 찾아가기는 어려울 테고, 희규가 있는 곳은 여기서는 가까우니까…… 또 한 번 뵙고 싶기도 하고요……."

"그렇게까지 하실 필요는 없는데, 그래 주신다면 뭐, 나야 좋지요……."

나는 전화기를 내려놓았다. 그녀를 만나는 일이 한 번도 부담스러움을 동반하지 않은 적이 없었다는 깨달음이 나를 괴롭혔다. 얼굴이 후끈거렸다. 땀샘들이 비 온 후의 우물처럼 일제히 땀을 쏟아 내고 있었지만 단지 그것 때문만은 아니었다. 나는 다시금 희규의 계집애처럼 흰 얼굴을 떠올렸다가 나쁜 기억을 쫓아내듯 다급하게 고개를 저었다.

미친 5월이야. 벌써 이렇게 덥다니……. 그렇게 중얼거리면서 나는 옷소매로 얼굴의 땀을 닦았다. 텔레비전 화면은 여전히 거칠고 빠른 노랫소리를 내보내고 있었고, 버스를 타고 고속도로를 신나게 달려 보자, 찌푸린 얼굴 주름살 펴고 신나게 달려 보자……, 사람들의 시선 역시 여전히 그곳에 매달려 있었다.

매달려 있는 시선에는 의지가 없었다. 매달리겠다는 의지 같은 것은 애초부터 필요하지 않았다. 매달겠다는 한쪽의 의지만으로 충분했다. 쇠붙이를 끌어당기는 자석의 원리는 얼마나 일방적인가. 못이나 압침과 같은 쇠붙이를 끌어당기기 위해서는 자기(磁氣)를 가지고 있는 자석을 가까이 대기만 하면 된다. 그것들을 끌어당기겠다는 자석의 의지만 있으면 그만, 못이나 쇠붙이까지 자성체로 만들 필요란 도무지 없는 것이다. 자기란 물체를 끌어당기는 힘에 다름 아닐 것이다. 힘은 끌어당긴다. 따라서 무엇인가를 끌어당기는 것은 힘을 가지고 있다고 우리는 말한다. 힘에게 끌리기 위해서는 아무런 준비도 필요하지 않다. 그저 그 힘이 미치는 영향권 안에 머물러 있기만 하면 된다. 그러면 자신의 의지와는 상관없이 힘에게 이끌리게 된다. 그것이 힘의 법칙인 것이다. 그것이 힘의 힘인 것이다…….

텔레비전을 바라보고 있는 사람들을 자석에 달라붙는 못이나 압침 따위에 비유하고 있는 나의 상상력이 조금 쑥스러워져서 나는 곧 그곳을 벗어났다. 요사이 내게는 어떤 생각의 계기가 마련되면 그 생각의 가지를 따라 거침없이 미끌어져 내려가는 버릇이 붙은 것 같다. 되도록 가지치기를 하려고 하지만 쉽지가 않다.

2

대합실과는 달리 버스 안은 너무 추웠다. 바로 머리 위에 찬바람을 뿜어내는 에어컨이 설치되어 있었는데, 바람이 나오는 방향을 아무리 바꿔 보아도 춥기는 마찬가지다. 감기 걸리기 딱 좋겠다는 생각이 들었다. 그렇게 생각한 사람이 나 혼자만은 아니었던 듯 누군가 뒤쪽에서, 동태 만들 일 있느냐고 악을 썼다.

"맞아요. 너무 추운 것 같네요. 조금만 약하게 해요" 하고, 비교적 앞쪽에 앉은 여자가 맞장구를 쳤다.

서울을 벗어날 무렵에 안내원 아가씨는 에어컨을 아예 끄고 하늘로 열린 천장 쪽의 문을 열었다.

"이제 됐어요?"

그녀는 맨 처음에 동태 타령을 한 뒷자리의 남자에게 물었다.

"훨씬 낫긴 한데, 좀 시끄럽군."

남자가 대꾸를 했고, 안내원은 "참으세요. 조금 있다가 닫을게요" 하고는 자기 자리로 돌아가 버렸다.

자리로 돌아간 안내원은 곧 비디오에 테이프를 집어넣었다. 손님들을 향해 설치된 텔레비전 화면에 크고 작은 여러 겹의 물결들이 오락가락하더니 이내 그림이 나타났다. 그와 때를 맞추어 승객들은 자신의 자리에 놓인 이어폰을 집어 들고 의자 옆에 있는 수신기에 꽂기 시작했다. 더러는 의자를 뒤로 젖히기도 했다. 그러한 동작을 취함으로써 그들은 화면을 응시하다가 그림이 시원치 않을 때에는 언제라도 기꺼이 잠 속으로 빨려 들어가겠다는 의지를 비교적 노골적으로 드러내고 있었다.

나는 이어폰을 끼지 않은 채로 화면을 응시했다.

화면에는 모래사장에서 두 명의 남자가 격투를 벌이는 장면이 나타났다. 한 사람이 다리를 쳐들며 앞으로 밀고 나오면 다른 사람은 몸을 피하며 뒷걸음질을 치고, 그러다가 적당한 기회를 봐서 반격을 가하고…… 그들은 하늘을 우습게 날아다니기도 했다.

나는 눈을 감는 편을 택하기로 했다. 눈을 감고서 아직까지도 확신이 서지 않는 나의 여행에 대해 생각해 볼 참이었다. 나는 정말로 무엇 때문에 이 차에 올라탄 것일까. 무엇이 나를 이 차에 올라타게 했는가……. 물론 나의 여행의 끝에 문희규가 있다. 하지만, 문희규는 그곳에 없다. 그는 아무 데도 없다. 문희규는 죽었다……. 어느 정도 예정된 것이었다고는 해도, 그가 택한 죽음의 방식은 너무 충격적이었다. 예상할 수 있는 일이었다고 해서 충격이 감소하는 것은 아니었다. 그의 죽음을 보도한 그 신문 지면의 낯섦 앞에서 나는 한동안 멍청해져 있었다.

내가 그의 죽음의 형식에서 매우 불길한 어떤 징조를 느꼈음을 고백하지 못할 이유가 없다. 나는 오랫동안 망설였다. 그 망설임은, 내가 피부로 느낀 그 불길함에 대한 본능적인 위축이었을까. 아마도 그랬을 것이다. 그러나 나는 지금 그를, 그의 죽음을 만나러 간다. 어쩌자는 작정 같은 것도 없는 채로.

그렇다. 나는 마침내 문희규를 찾아가기로 마음을 결정하고 만 것이다. 그렇긴 해도, 문희규를 떠올리기 전부터 나는 은밀하게 이곳을 떠나고 싶다는 욕망을 키워 온 것이 아닌가. 욕망들이 분출하는 도시에서 나의 욕망은 오래전부터 떠남에 있었다. 그것은 불순한 욕망이었다. 참여와 연대가 지고의 시대적 가치로 통용되고 있는 현실에서 개별화에 대한 나의 욕구는 비난의 대상이 될 만한 것임을 나는 알고 있다. 새로운 세계를 개척하기 위한 참여의 덕목 앞에서 자꾸만 머뭇거리는 겁쟁이이며 시대의 흐름을 읽을 줄 모르는 지진아라는 비난을 나는 충분히 예상할 수 있다.

3

봄이 오고 있었다. 적어도 사람들은 그렇게 믿고 싶어 했다. 거의 20년 동안 이 나라를 지배해 온 독재자가 로마의 한 황제처럼 총애하던 부하의 총을 맞고 쓰러졌을 때, 사람들은 그것을 이 땅의 민주와 자유의 봄을 갈망하는 민심이 천심에 다다른 결과라고 믿었다. 봄이 올 것이고, 꽃이 필 것이었다. 그리하여 새로운 시대의 개막을 위해 겨울은 마땅히 마무리되어야 했다.

여기저기서 그러한 움직임들이 일어나기 시작했다. 가장 민감한 곳은 역시 대학이었다. 봄학기 개학과 때를 같이하여 대학마다 학원 정풍 운동이 시작되었고, 여러 대학의 총장실이 점거되었다. 어용 교수의 퇴진과 교권 회복을 요구하는 학생들의 시위는 여러 명의 총·학장과 이사장들을 사퇴시키는 결과를 낳았다. 그리고 그 움직임은 곧 학원 밖으로 전진해 나왔다.

노동 현장 쪽에서도 누적되어 있던 불만이 터져 나왔다. 노동 기본권의 확보와 어용 노조의 퇴진을 관철하려는 노동자들의 농

성이 여러 공장들에서 격렬하게 전개되고 있었다. 정치권에서는 사회의 혼란을 우려하는 목소리가 높았지만, 이미 그 흐름은 막을 수가 없었다…….

……그 봄의 한가운데서 나는 상택을 다시 만났다. 나는 그 봄이 오기 얼마 전에 군복을 벗었고, 그는 죄수복을 벗었다. 나는 경기도 포천의 어느 산속에서 3년을 보낸 후 세상에 내보내졌고, 유신 체제 철폐를 주장하는 발언을 한 혐의로 세상과 격리되었던 상택은 그를 잡아 가두었던 정권이 쓰러지자 개선장군처럼 돌아왔다. 그리하여 그의 상처투성이인 전력이 그대로 훈장이 되었다. 그의 훈장에서는 빛이 났다. 그가 자유와 정의와 인권에 대해 이야기할 때, 그의 말에는 무게가 얹혀 있었다. 그것은 그의 훈장의 무게였다. 전쟁터에서 몸을 바쳐 싸우고 돌아온 용사 앞에서 부역자들은 풀이 죽을 수밖에 없었다.

"『인간 실격』이라니. 이 판국에 다자이 오사무를 읽는단 말인가. 그런 얼치기 데카당*을. 이런 한심한 친구 같으니라고."

가령 내가 읽고 있는 책의 제목을 훑어보며 상택이 그런 식으로 면박을 줄 때, 부역자의 자격지심은 여지없이 살아나는 것이다. 그런 경우에 나는 "이거? 그냥 좀 심심해서……" 하고 얼버무리고 말지만, 그가 나를 '얼치기 데카당'으로 여기고 있으리라는 생각을 하면서 쑥스러움과 거북함을 동시에 느끼지 않을 수 없다.

*데카당(décandant) : 퇴폐파.

그는 조금 쉽게 흥분하는 기질이긴 하지만, 비교적 사리가 분명한 편이다. 결코 사람을 함부로 비난하거나 매도하는 인물이 아니다. 그와 사귐을 갖기 시작한 이후로 그의 인물 됨을 의심해 본 적은 이제껏 한 번도 없었다. 나를 향해 적의를 드러낼 위인이 아니었다……. 그렇다면 내가 느끼는 이 부담감의 정체는 무엇인가.

요컨대 나는 그것을 부역자 의식, 또는 부역자 콤플렉스라고 단정하고 있는 터이다. 의식, 또는 콤플렉스는 실상 행위 자체와는 상관이 없다고 말해야 옳다. 실제로 부역 행위를 했느냐 하지 않았느냐, 하는 문제는 부역자 콤플렉스의 생성과는 직접적인 관련이 없다는 뜻이다. 부역 행위자라도 그러한 의식으로부터 자유로운 사람이 있을 수 있고, 그 반대도 또한 가능할 것이다. 불행하게도 나는 그 반대의 경우에 속했다.

내가 요즘 들어 상택이 일러 주는 대로 '민주화 촉진 궐기 대회'며 '민주화 대행진' 같은, 재야 단체에서 주최하는 정치 집회에 참석하곤 한 데에는, 물론 그게 전부는 아니지만, 그의 권유를 뿌리칠 수 없는 심리적 부담감 탓이 컸는지 모른다. 그는 어떤 재야 단체에서 청년 회원으로 일하고 있는 낌새였는데, 그 봄에 그 단체에서는 수도 없이 많은 정치 집회를 개최하고 수도 없이 많은 성명서를 발표하곤 했다. 그럴 때마다 그는 내게 소식을 알려 왔고, 나는 그것을 곧 집회에 참석하고 성명서에 서명하라는 요청으로 받아들였다.

바야흐로 성명서의 계절이었다. 단체란 단체마다 성명서라는 것을 내놓음으로써 다가오는 봄의 소유권을 확보하려고 했다. 내가 나가고 있는 조그만 직장에서조차 민주화를 촉구한다는 내용의 성명서가 만들어질 정도였다.

봄은 이미 와 있는 것이나 마찬가지였다. 정치권의 꿍꿍이와 군부의 움직임이 수상하긴 했지만, 이처럼 분출해 오른 학생과 시민의 민주화 열기를 잠재울 수 있으리라는 생각은 아무도 감히 하려 하지 않았다. 물리적인 힘을 등에 업고 국민을 누르다니, 어떻게 그런 일이 다시 일어날 수 있단 말인가, 이 대명천지에…… 어불성설이다……. 사람들은 그것이 마치 까마득히 오래전, 이를테면 무신 정권 시절의 일이나 된다는 듯이 큰 소리로 이야기하곤 했다. 지금은 봄이 아닌가. 시간을 거꾸로 돌릴 수는 없는 일이 아닌가…….

그러한 과도한 낙관주의가 지난 시절의 힘의 통치를 잊게 하고 있었다. 아니, 사람들은 일부러 그 시절을 기억하지 않으려 했다. 단지 희망만을 생각하려고 했다. 이곳저곳에 뿌려지는 성명서들과 구석구석에서 들려오는 다양한 목소리들이야말로 그러한 희망의 표현에 다름 아니었다.

사람들은 미리부터 봄을 노래하고 있었다. 그럴 만도 했다. 봄은 너무 오랜만에 찾아들었던 것이다.

4

정말로 그랬을까? 그 많은 성명서들과 그 많은 집회들과 그 많은 요구들은 숨김없이 마침내 돌아온 민주의 봄에 대한 찬가였을까. 봄의 도래에 대한 기쁨에 겨워서 참지 못하고 거리로 뛰쳐나온 것이었을까. 그것은 말 그대로 민주화에 대한 신념과 희망의 순수한 표현이었을까…… 혹시 그 움직임의 중심에 부역자 콤플렉스와 유사한 집단의식이 자리하고 있지 않았을까를 나는 조심스럽게 물어본다.

부역자—가 아니라 부역자 의식에 사로잡힌 자는 새로운 주인을 향해 자신의 충성을 맹세하고 헌신을 실천해 보임으로써 속죄함을 받으려고 한다. 그것이 또 다른 부역인 줄 알면서도 자신의 구원을 위해서 어쩔 수 없이 그렇게 하는 것이다.

한 번 부역한 자는 또다시 부역하게 마련이라는 전쟁터의 경구는 역설적으로 진리이다. 비난하려는 뜻으로 이렇게 말하는 것이 아니다. 이해하려는 뜻으로, 아니, 이해받으려는 뜻으로 이렇게 말하는 것이다. 부역을 반복하는 사람의 마음속에는 근본적으로 구원에 대한 열망이 자리 잡고 있다는 것이 나의 생각이다. 그들은 단순히 목숨을 연명하기 위해서 새로운 힘에 복종하는 것이 아니라, 자신의 부역 행위를 용서받기 위해 새로운 힘을 향해 기꺼이 복종하는 것이다. 죄의식을 느끼지 않는 사람은 구원에 대한 열망 또한 느끼지 못하는 사람이다. 죄의식에 사로잡혀 있는 민감한 영혼만이 속죄의 필요성을 절감하는 법이다.

속죄에 대한 열망에 이끌려 달려가면 그곳에는 언제나 군중이 있다. 군중은 언제나 즉흥적이고 충동적이며 과장되어 있다. 군중들은 원시인과 흡사한 정신 상태를 공유하게 마련이다. 그들은 그처럼 단순하다. 오르테가 이 가세트*가 말한 대로이다. 군중은 문명의 들창문을 넘어 들어온 원시인이다. 흥분과 열정 속에서 '원시인'들이 경험하기를 원하는 것은 무엇인가. 그것은 엑스터시, 곧 황홀경이다. 말을 다시 해야겠다. 그와 같은 원시적인 엑스터시에 대한 동경, 그것이 사람을 군중 속으로 이끈다. 엑스터시에 대한 동경이란 또 무엇인가. 그것은 구원을 갈구하는 심리를 염두에 두지 않고는 결코 설명될 수 없다.

그 엑스터시는 근본적으로 종교적인 현상이다. 군중 속에 섞여 엑스터시에 빠져 든 사람이라면, 그는 벌써 종교적인 신비를 체험하고 있으며, 그로써 소기의 목적인 속죄 —죄의식으로부터의 자유를 획득하고 있는 것이다.

그러나 그 자유, 그 속죄는 어쩔 수 없이 일시적이고 제한적이라는 사실이 지적되어야 한다. 사람은 언제나 군중 속에 있을 수 없다. 그는 곧 혼자가 되어야 하고, 그때 그는 걷잡을 길 없는 불안에 다시 사로잡힌다. 그 불안은 이제 두 가지 길을 통해 온다. 한쪽은 여전히 남아 있는 과거의 부여 행위에 대한 죄책감으로부

*오르테가 이 가세트 : 에스파냐의 철학자.

터, 다른 한쪽은 새로운 부역 행위가 가져올 미래의 징벌에 대한 공포로부터 온다. 이 막강해 보이는 힘도 머지않아 다른 힘에 의해 밀려날지 모른다는(왜냐하면 그처럼 막강해 보이던 과거의 힘도 그랬으니까), 그때에는 그 힘에 의해 또다시 정죄를 받아야 할 것이라는 공포는 의외로 집요하고 끈질기다.

그러므로 사람들은 이 힘에 부역하면서도 이 힘의 힘을 의심한다. 그러한 의심은 불안을 증폭시키고, 사람들은 혼자서는 어떻게 할 수 없는 그 과중한 불안으로부터 벗어나기 위해서, 기꺼이 다시 군중 속으로 뛰어든다. 군중 속에는 환상이 있기 때문이다. 구원에 대한 어처구니없는 환상…….

이러한 시각은, 무엇보다도 심리적인 것이다. (심리적이라는 용어가 가부장적이라는 용어와 함께 오늘날 지극히 업신여김을 받고 있다는 사실을 나는 잘 알고 있다. 그렇다. 이 시대는 심리주의가 행세할 수 있는 기반을 부수고 있다.) 그럼에도 불구하고, 요컨대 그 봄에 대한 희망과 신념을 노래하는 열기의 이면에는 걷잡을 수 없는 죄의식과 불안이 도사리고 있다는 다분히 심리주의적인 속생각을 나는 끈질기에 유지하고 있었다. 여기서 죄의식은 과거에 대한 것이고, 불안은 미래를 향한 것이다. 그리고 그것들은 결국 부역 콤플렉스의 두 가지 얼굴에 다름 아니라고 나는 해석한다.

거리로 나온 대학생들과 그들을 지원하는 시민들의 시위로 전국이 들끓고 있던 그 봄에 공공연한 비밀처럼 끊임없이 유포되던 소문이 있었다. 군대가 나온다는 것이었다. 거리에서 사람들은 은밀하게 정보들을 주고받았다.

'군부가 다시 나올 거래…….'

'출동 준비를 다 갖추고 있다는 거야. 서울 이북에 집결했다던데. 본 사람이 있어…….'

'사회가 조금 더 시끄러워지기를 바라고 있다던데…….'

암살당한 권력자의 빈자리를 넘보면서 자기에게 돌아올 기회만을 노리고 있던 정치권의 지도자들도 마이크를 잡을 때마다 공공연하게 말하곤 했다.

'군부에게 쿠데타의 빌미를 제공하지 말아야 합니다. 군정은 이것으로 끝내야 합니다…….'

그것들은 무엇이었던가. 열기 뒤에 감춰진 불안의 적나라한 모습이 아니라면……. 모두들 봄의 찬가를 노래하면서 실상은 봄의 실종을 더 우려하고 있었던 것이 아닌가. 하여 나는 또 생각하는 것이다. 그와 같은 열기의 뒤에 불안이 숨겨져 있을 뿐만 아니라, 그 불안이 실은 그와 같은 열기의 실제 얼굴이 아닌가 하고…… 불안이 열기를 만들어 내고 있는 것이 아닌가 하고…….

5

나의 생각을 상택은 터무니없어했다. 지금 중요한 것은 계엄의 해제이고, 계엄의 장막 안에서 이루어지고 있는 불순한 음모의 분

쇄이며, 조기 총선의 실시라고 그는 주장했다. 그의 언어는 나의 그것과 얼마나 다르던지……. 민주 시민의 역량을 집결시켜 이 과업을 달성해야 한다는 그의 신념은 너무도 확고했다. 시대마다 그 시대를 숨 쉬며 사는 사람들에게 감당해야 할 사명이 주어지게 마련이며, 이 시대에 우리가 받고 있는 이 자명한 사명을 외면해서는 안 된다고 그는 역설했다. 그 일을 위해서라면 열 번이라도 더 감옥에 갇힐 수 있다는 그의 자신만만함 앞에서 나는 번번이 할 말을 잃어버리곤 했다.

그러나 나는 그의 확신에 전적으로 동의를 보낼 수 없었을 뿐만 아니라, 오히려 그의 그처럼 빈틈없는 확신에 대해서조차 의혹의 눈초리를 보내고 있는 편이었다. 나는 그의 신념이 역사의 진보에 대한 터무니없는 낙관론에 근거하고 있지 않은가를 질문했고, 그가 당위만을 이야기할 뿐 현실에 대한 언급을 전혀 하지 않고 있음을 조심스럽게 지적했다.

그 엄청난 시위대의 요구에도 불구하고, 계엄령이 해제될 가능성은 전혀 보이지 않고 있는 것이 현실이었다. 오히려 계엄사는 전군 지휘관 회의라는 것을 열어서, 과격한 학원 소요와 노사 분쟁에 대해 더 이상 가만히 앉아 참지 않겠다며 단호하게 대처하겠다는 협박조의 성명을 발표하였고, 정국이 혼란한 틈을 타 하극상을 연출, 권력의 중심부로 부상하기 시작한 한 장군이 보안 사령관과 중앙정보부장을 겸임함으로써 사실상 실권을 장악해 버린

터였다. 외신들은 노골적으로 그 장군을 이 나라의 새로운 권력자로 대접하고 있었다.

결코 낙관할 만한 상황이 아니었다. 누가 민주의 봄을 열망하지 않겠는가. 누가 저 추운 겨울의 한복판으로 다시 돌아가기를 원하겠는가⋯⋯. 그러나 그것은 당위이고, 소망일 뿐이었다.

말하자면, 나는 우리가 처한 객관적인 정황을 상기시킴으로써, 우리들의 그 의심할 수 없는 당위와 소망 앞에 가로놓인 장애물의 존재를 분명히 인식해야 할 것이라는 의견을 제시한 셈이었다. 그에게는 나의 그러한 신중함이 내 마음속의 패배주의를 내비친 것으로밖에 이해되지 않았을 것이다.

부정할 생각이 없다. 패배주의였을 수 있다. 나는 권력의 도덕성이라고 하는 것을 전혀 믿지 못하고 있었다. 힘을 가지고 있는 자들이 진리 편에 서는 모습을 본 적이 거의 없었다. 그러나 내가 믿지 못하는 것은 힘, 또는 힘을 가진 자들의 도덕성만이 아니었다. 나는 또한 새로운 시대의 도래를 찬양해 마지 않는 대중들에 대해서도 똑같이 의심을 품고 있었다. 말을 직설적으로 해 버리자. 나는 본질적으로 인간이 힘을 숭배하는 동물임을 인식하고 있다⋯⋯. 아, 그 열기와 희망의 한복판에서, 역설적이게도, 나는 너무나 자주 힘에 대한 인간의 공포와 숭배 본능을 확인시키는 내 기억 속의 화력 시험장을 상기하곤 했다⋯⋯. 단풍이 피처럼 붉게 물든 산속으로 포탄이 쏟아 부어질 때, 그 지축을 뒤흔드는 포성과 뜨거운 불덩이, 사람을 흥분시키는 화약 냄새, 하늘을 덮는 포연, 무엇보다도 사람의 다리며 팔, 심장이며 위장, 정신과 영혼까지도 덜덜 떨게 만드는 진동…… 그것들이 만들어 내는 장엄함 앞에서 참관인들은 넋을 잃고 있었다. 그 엄청난 힘의 장엄함이 사람들을 얼마나 숙연하게 만들던지…….

희망과 기대의 반영에 다름 아닌 그 숱한 성명서의 목소리와 논조를 의식의 조작 없이 모방하고 있기보다는 현실을 보다 냉철하게 파악해야 하지 않겠느냐고 덧붙였을 때, 그는 내 앞에서 처음으로 고개를 숙이고 심각한 표정을 지었다.

"알고 있어. 물론 당위가 백번 천번 옳고 정당하다고 하더라도 현실이 반드시 그 편을 들어주는 것은 아니지. 솔직히 말하면 우리도 그 점을 충분히 인식하고 있어. 당위는 당위고 현실은 현실이겠지……. 하지만 너는 지나치게 현실만을 보고 있는 것 같구나. 나는 이 상황에서 필요한 것은 희망과 용기라고 생각한다. 대중의 참여를 극대화하기 위해서는 복잡하고 비관적이기까지 한 현실을 드러내 보이는 것이 아니라 당위를 반복적으로 주입하는 것이 훨씬 효과적일 거야……. 거리에 나가면, 지금도 시민들의 호응이 절대적인 것은 아니야. 그들은 쪽박이 깨질 것을 두려워하고 있지. 그들의 우려는 물론 존중해 줘야 해. 우리가 해야 할 일은 그들로 하여금 이 일에 확신을 갖게 하는 것이야. 지금 우리에게 필요한 것은 용기이고 희망이지, 복잡한 현실 인식이 아니라는 뜻이야. 복잡한 건 전혀 도움이 안 돼. 단순할수록 효과적이거든. 자유 아니면 억압, 민주 아니면 독재. 그것만을 대비시켜야 하는 시기야……. 너는, 자식아, 너무 복잡한 게 탈이야. 늘 현상의 뒤를 노리거든. 회의주의자다운 기질이겠지. 하지만 여기는 싸움터야. 알아? 싸움터는 단순한 곳이야. 아군이 아니면 적군, 승리가 아니면 패배라고. 회의주의는 용납되지 않아……."

나는 물론 나 자신을 회의주의자라고 생각해 본 적이 없었다. 더러 회의주의자라면 좋겠다는 생각을 한 적은 있었다. 회의주의야말로 이 세계를 향해 견지해서 마땅히 유일한 정신이라는 생각 때문이었다. 세계와 존재에 대한 인식에 눈을 뜬 이래로 세계는 아무것도 분명한 것이 없었다. 분명한 것이 아무것도 없었으므로 절망이나 허무에 투항할 수조차 없었다. 절망이나 허무 또한 얼마나 견고하고 분명한 세계관이나 존재론의 기반 위에 서 있는 것이랴……. 모든 것이 안개와 같아서 형체가 없었고, 손으로 만져지지도 않았다. 그런 세계를 호흡하면서 어떻게 회의주의에의 경도를 피할 수 있겠는가……. 그러나 상택에게는 회의주의란 하나의 허물이었다. 그것은 기회주의의 변형어였으며, 데카당과 동일한 속뜻을 지닌 단어였다.

정신조차도 시대의 공기에 영향을 받는 것일까. 어쩌면, 정신조차도 환경의 지배를 받는 것이 사실일지 모른다. 정신 또한 그 시대의 공기와 그 사회의 토양의 상태에 따라 무럭무럭 자라기도 하고 비실비실 말라 비틀어지기도 한다. 어떤 정신은 턱없이 칭송되고 반대로 어떤 정신은 터무니없이 비난당한다. 시대가 바뀌면 또 칭송과 비난의 위치가 바뀌기도 한다. 이는 어쩐 일인가. 그 시대의 공기에 잘 어울리는 정신이 있고, 그렇지 못한 정신이 있는 것이라고 하지 않을 수 없다.

그런 점에서 회의주의란 여러 모로 이 시대의 공기와는 어울리지 않는 것 같다. 그것은 우선 집단의 시대에 반하여 개별화를 선호하는 정신이고, 물적 담보의 시대에 이성의 반추를 지향하는 정신이며, 단순화가 지배하는 시대에 무정부적 혼란을 자초하려는 정신일 뿐 아니라, 치열한 정치의 시대를 살면서 특정한 신념의 신봉을 거부하겠다는 정신인 것이다.

상택과 나의 차이는 다른 데에서 말미암은 것이 아니었다. 그가 지니고 있는 정신이 이 시대의 공기에 썩 잘 어울리는 반면에 내가 지니고 있는 정신은 그렇지가 못하다는 데 있었다. 나의 말에 의문을 품는 사람이 있을지 모르겠다. 그렇다면, 그가 어떻게 하여 이 시대의 공기를 피해 다니는 도망자가 되어야 했는가를 물을 것이다. 그 질문에 대해 대답하는 것은 어렵지 않다. 방향을 서로 달리하는, 동일하게 견고한 체계의 정신이 맞부딪칠 때는 싸움이 일어나게 마련이다. 그 싸움의 승패는 정의에 의해서가 아니라, 힘에 의해 결정된다. 그리하여 정의가 아니라, 힘이 모자란 지는 도망자가 된다.

6

　상택은 최근에 다시 도망자가 되었다. 이제 나는 그 기묘한 결혼식에 대해서 이야기해야 한다.

　어느 날 나는 청첩장을 한 장 받았다. 토요일 점심 식사를 마치고 돌아왔을 때 회사로 배달되어 온 그 청첩장은 뜻밖에도 상택이 보낸 것이었다. 신랑의 이름은 틀림없이 최상택이었다.

　'최상택 군과 임지숙 양이 여러 어른과 친지들을 모시고 혼례를 올리게 되었습니다. 부디 이 즐거운 자리에 함께하셔서 저희들의 새로운 출발을 축하해 주시면 고맙겠습니다…….'

　그러고 보니 그의 얼굴을 본 지가 보름쯤 지나 있었다. 그동안 무척 바쁜 모양인지 전화도 걸어 오지 않았다. 그렇다고는 해도 청첩장을 보내올 수 있을 만큼 오랜 기간은 아니었다. 결혼이란 그렇게 급하게 할 수 있는 것이 아니지 않은가. 하긴 전혀 급한 결혼이 아닐지도 모를 일이었다. 단지 그동안 그가 내게 자신의 계획을 숨겨 왔을 수도 있었다.

　아무리 그렇다고 해도; 이건 조금 지나친 경우였다. 예식 날짜가 바로 그날이었던 것이다. 오후 5시 30분. 장소는 명동 성당 앞에 있는 한 기독교 단체의 회관이었다. 이런 괘씸한 친구 같으니라고. 결혼 소식을 이렇게 알린단 말인가. 거기다가 나보다 먼저 장가를 가? ……그런 심정이 되어 나는 전화기를 집어 들었다.

　"무슨 소리를 하는 거야? 우리 상택이가 결혼을 해? 그게 웬 뚱

딴지 같은 소린고……."

상택이는 집에 없었고, 전화를 받은 사람은 그의 어머니였다. 그위 어머니는 아들의 결혼에 대하여 금시초문이라고 했다. 나는 내가 받은 청첩장의 내용을 이야기하는 대신에 상택이가 지금 어디에 있는지를 물었다.

"그놈이 언제 자기 거처를 밝히고 다녔나? 그놈 얼굴 본 지가 벌써 보름도 더 된 것 같네. 어디를 그렇게 쏘다니는지……. 만나거든 제발 정신 좀 차리라고 말해 주소."

"그럼 결혼 이야기는 전혀 없었단 말입니까?"

"제발 결혼이라도 할 생각이 있었으면 좋겠네."

나는 조금 혼란스러워졌다. 녀석의 결혼에 무슨 사정이 있는 모양이었다. 그러니까 이런 식으로 다급하게 연락을 보내왔을 것이었다. 나는 그렇게 추측했다.

퇴근하기 전에 문득 생각이 떠올라서, 나는 그가 관여하는 인권 단체의 사무실로 다시 전화를 넣었다. 혹시 그곳에 그가 아직 있을지도 모른다는 추측 때문이었다. 하지만 나의 예상은 빗나갔다. 그는 그곳에 없었다. 전화를 받은 사람은 여자였는데, 내가 최상택을 찾는다고 말하자 자리를 비우고 없다고 알려 주는 것이었다. 나는 조금 머뭇거리면서, 그의 결혼식이 오늘 있느냐고 물었다.

"누구신데요?"

"예, 저, 친굽니다. 급하게 연락을 받아서, 확실한지 어떤지 확인을 해 보느라고……."

"네, 맞아요. 5시 30분이에요."

그가 결혼을 하는 게 틀림없는 모양이었다. 어쨌든 예식장에 가서 그를 만나 이야기를 들어 보는 수밖에 다른 도리가 없었다. 나는 결혼식이 시작하기 전에 조금 일찍 도착해서 그를 만날 생각을 하고 있었다. 일이 밀려 있어서 퇴근이 늦어질 전망이었지만, 어떻게 해서든 서둘러 빠져나갈 작정이었다. 그런데…… 그날따라 상황이 썩 용이하지가 않았다. 사장은 특유의 심술로 직원들의 토요일 오후를 잡아 놓고 있었다.

40대의 독신녀인 사장은 직원들을 휘어잡는 데 탁월한 재능을 발휘하는 여자였다. 그녀는 힘을 가지고 있었고, 남자가 대부분인 직원들 가운데 그녀의 권위에 도전할 수 있는 사람은 한 명도 없었다.

회사는 그녀의 사설 왕국처럼 유지되고 있었다. 사설 왕국이 아닌 개인 회사가 어디 있겠는가. 사설 왕국에의 꿈이 없이 회사를 만들어 내는 개인이 어디 있겠는가. 누구나 왕국을 꿈꾼다. 자신이 군주인, 그것도 백성들로부터 한없는 존경과 절대적인 복종을 받는 막강한 군주인 아름다운 왕국을 꿈꾼다. 능력과 기회를 붙잡은 선택된 사람이 그 꿈을 실현하려고 한다. 회사의 주인은 그런 의미에서 누구나, 적어도 무의식적인 욕망의 차원에서는, 왕국의 군주이다.

백 보 양보하여 모든 회사의 주인들에게 적용되지 않는다고 하더라도, 최소한 내가 다니는 회사의 여주인에게만은 진실일 것이다. 그녀는 군주이고, 신하는 군주를 거역해서는 안 된다. 나는 거의 5시가 다 되어서야 나의 군주로부터 놓여날 수 있었다.

사무실을 나서자마자 나는 곧장 명동으로 향했다. 시간이 많지 않았다. 조금 일찍 도착해서 상택을 만나 보리라는 애초의 기대는 이미 포기한 다음이었다. 미리 그를 만나기는커녕 식이 끝나기 전에라도 도착하려면 서둘러야 했다.

명동의 진입로 곳곳에 칙칙한 전투복 차림의 사내들이 줄을 이루고 서서 행인들의 신분을 확인하고 있었다. 그 또한 전혀 낯선 풍경이 아니었다. 이 도시는 계엄령 아래에 있었다. 그들은 사람들이 많이 왕래하는 거리마다 벽처럼 견고하게 서서 이곳에 사는 사람들에게 이곳의 하늘과 땅이 계엄군의 통치 아래 있다는 사실을 끊임없이 상기시키는 기능을 맡고 있었다. 그들의 그런 모습은 이미 이 도시의 빼놓을 수 없는 풍물 가운데 하나였다. 그리고, 그 점에 있어서 명동은 그 어느 곳보다 탁월한 본보기였다. 언젠가부터 재야 단체가 주최하는 시국 집회가 빈번히 열리면서 명동 성당은 자연스럽게 민주의 메카처럼 인식되기 시작하고 있었다.

화려하고 경망스럽게만 보이는 겉모양의 안쪽에서 그처럼 치열한 싸움이 벌어지고 있는 곳, 그곳이 명동이었다. 따라서 이 거리에서 계엄의 방패들과 마주치는 것은 하등 이상한 일이 아니었다.

명동의 입구에서 나 역시 그들의 제지를 받았다. 나는 지갑에서 주민 등록증을 꺼내어 보여 주어야 했다.

등록증을 내밀 때마다 나는 공연히 조마조마해진다. 그럴 리가 없겠지만, 혹시 나도 모르는 사이에, 나의 신상에 어떤 엉뚱한 변화가 생겨나 있을지도 모른다는 두려움이 불쑥 치솟기 때문이다.

실제로 내가 아는 사람 가운데는 단지 이름 때문에 곤욕을 치른 경우가 있었다. 공교롭게도 박씨 성을 가진 그 사람은 이름이 수배 중인 재야 인사와 똑같았다. 주민 등록상의 한자까지 같은 데다가 언뜻 보기에 얼굴까지 비슷해서 검문에 걸리면 그냥 놓여나는 경우가 없었다. 그도 그럴 것이 그 수배자는 끔찍하게도 간첩 활동에다가 국가 전복을 기도했다는 혐의를 받고 있는 인물이었다. 사정이 그렇다 보니 그로서는 경찰을 만나는 일이 여간 거북하지 않다는 것이다. 그래서 길을 걷다가도 검문하는 경찰만 보면 일부러 피해 간다고 그는 말했다. 그처럼 딱한 경우가 내게라고 생기지 말란 법이 없었다.

나 역시 검문하는 사내들의 무표정 안에 서면 공연히 기가 꺾이곤 했다. 그들은 함부로 요구하고, 나는 얼굴에 얼마간 불만스러운 표정을 지으며 귀찮아 죽겠다는 듯 느릿느릿 주민 등록증을 찾는다. 그것이 이 등록증의 사회를 향해 내가 할 수 있는 유일한 저항이라고 생각하면 슬퍼진다. 그들의 요구를 거부할 수 없는 것일까……. 할 수 없을 것이다. 그것은 곧 배제─부재를 뜻할 테니까. 저들은 맘만 먹으면 얼마든지 나를 분류해 버릴 수 있다. 그 방법은 너무나 간단하다. 저들은 그저 나의 등록증을 내게 돌려주지 않아 버리면 되는 것이다.

"어디를 가는 거요?"

전투복 차림의 검문원은 내가 내민 주민 등록증과 나의 얼굴을 번갈아 쳐다보면서 물었다.

"결혼식에."

나는 몹시 급했지만, 느릿느릿 대답했다. 그렇게 반응하면서도, 검문 행위에 대한 나의 불만을 이 사람이 눈치 채기를 바라는지 그렇지 않은지를 나 자신도 알지 못하고 있었다. 아마도 반반이었을 것이다. 나의 불만이 그대로 전달되기를 바라지만, 그것이 도리어 이 작자의 심술을 유발시키지나 않을까 하는 우려가 곧바로 뒤를 따른다……. 그리고 나는 이처럼 소심한 자신에게 화가 난다.

"결혼식이 몇 시요?"

"5시 반……."

"5시 반에 결혼식을 해?"

그자는 한 번 더 나의 얼굴과 주민 등록증을 번갈아 쳐다보고 나서 손목의 시계를 보았다. 나도 그의 손목에서 시간을 읽었다. 5시 30분은 벌써 지나 있었다. 곧바로 간다면 예식이 끝나기 전에 겨우 도착할 수 있을 것 같다는 생각이 들었다.

"누구 결혼식이오?"

어떻게 된 일인지 이 자는 나를 쉽게 보내 줄 것 같지가 않다. 귀찮다는 생각이 들었다.

그 순간 명동 안쪽으로부터 많은 사람들이 아우성을 치며 골목을 빠져나오는 게 보였다. 이 동네가 본시 좀 질서가 없는 편이라고는 하지만, 순간적으로 무언지 심상치 않은 느낌이 들었다. 그와 동시에 코 끝이 간질간질해지면서 재채기가 나오려고 했다. 나는 손바닥으로 코를 싸쥐면서 터져 나오려는 재채기를 참았다. 무슨 일인가가 또 생겼구나 싶었다. 나는 발꿈치를 치켜들고 성당 쪽을 쳐다보았다. 급하게 빠져나오는 사람들 말고는 아무것도 보이지 않았다.

"친구라고? 어떤 친구요?"

아, 이자와의 대화가 아직 끝나지 않았던가. 그러고 보니 나의 등록증이 아직 그의 손에 있었다. 그런데, 이자는 지금 무얼 묻고 있는 것인가. 결혼한 내 친구의 이름을? 나는 좀 어이가 없다는 생각을 하다가 마침내 재채기를 쏟아 내고 말았다. 에취, 에취……. 참았다가 터진 재채기는 쉽게 멈추려고 하지 않았다.

"빨리 말 안 해요?"

작자의 다그침에 나는 더 이상 견딜 수 없는 심정이 되었다. 나는 재채기를 하고 콧물을 닦으면서 대들었다.

"아니, 결혼식 가는 사람을 길거리에 세워 놓고 이래도 되는 거요? 늦었단 말이오. 거, 내 주민 등록증이나 빨리 돌려줘요. 죄 없는 사람을······."

작자의 태도가 표변한 것은 그 순간이었다. 그는 험악한 얼굴로 아주 잠깐 나를 노려보고 나서는 나의 주민 등록증을 옆에 서 있던 자신의 동료에게 건네주는 것이었다. 그러고는 나의 멱살을 거칠게 움켜쥐었다.

"죄 없는 사람이라고? 이 약아빠진 생쥐 같으니라고. 너, 직선 제 개헌 어쩌구 하는 저 집회에 참석하러 가는 거지? 다 알고 있어, 이 새끼야. 결혼식을 위장해서 모이면 우리가 속을 줄 알았냐······."

멱살을 거머쥔 그의 손목의 힘이 너무 세어서 나는 말을 할 수가 없었다. 그의 손에 붙들린 채 나는 아무런 변명도 하지 못하고 헐떡이기만 했다. 그렇다, 그때 나의 모습은 정말로 물에 빠진 한 마리의 불쌍한 생쥐 같았다.

작자는 멱살을 잡은 채 나를 훌쩍 들어서 던져 버렸다. 그렇게 하여 나는 창문도 없는 깜깜한 버스에 실리고 만 것이다.

7

내 수중에서 발견된 최상택의 결혼 안내장이 결정적으로 불리했다. 나는 나의 무혐의를 반복해서 주장했지만, 담당 경찰관은 내 말을 전혀 믿으려 하지 않았다. 사실을 말하자면 나는 터무니없이 억울했다. 경찰서에 끌려갈 때까지도 나는 내가 왜 이런 대접을 받는 것인지 전혀 영문을 알지 못하고 있었다. 그날 명동에서 무슨 일이 기도되었는지를 취조하는 형사로부터 전해 듣고서야 알았을 정도였다.

그날 명동에는 결혼식이 없었다. 최상택은 결혼한 것이 아니었다. 결혼식을 위장한 재야 단체들의 집회가 있었을 뿐이었다. 계엄의 장막 안에서 쏙닥쏙닥 진행하던 제2의 유신 음모에 위기감을 느낀 재야 단체들이 연합하여 기습적인 위장 시위를 벌이려 하였던 것이다. 공개적인 집회가 불가능한 상황이었기 때문에 편법으로 결혼식을 위장하였던 모양이었다. 직선제 개헌을 촉구하는 성명서를 발표하고 곧바로 거리로 뛰어나와 시민들의 호응을 유도한다는 계산을 했던 것 같다. 그런데 그만 정보가 새어 나갔을 것이다. 그렇지 않다면, 결혼식에 참석한 사람들이 거리로 뛰쳐나오고 나서 저지를 당한 건지도 모른다……. 나를 취조하는 형사의 산만한 말들을 종합해서 나는 겨우 그런 추측을 해내었다.

그런데 나는 결혼식에 참석하러 가는 길이라고 대답했다. 그거야말로 도둑을 잡으러 나온 사람에게 내가 도둑질을 하러 가는 길이라고 자백하는 꼴이 아니고 무엇이었겠는가. 더구나 내 호주머니에서는 낮에 받은 상택의 결혼 청첩장까지 나왔다. 취조관으로서는 범행에 대한 확신이 서지 않을 수 없었을 것이다. 나는 어처구니가 없었지만, 상황을 냉정하게 받아들여야 한다고 생각했다. 직감적으로 위험한 순간임을 눈치 챘다. 많은 경우에 인간의 불행은 우연이나 착오에 의해서 도래하곤 한다는 뜬금없는 각성이 무슨 불길한 조짐처럼 엄습해 왔다.

그리고 다시, 나는 이 세계를 지배하는 것은 진실이나 사랑이 아니라, 그처럼 말랑말랑한 것이 아니라, 거칠고 물리적인 힘이라는 난폭한 현실을 떠올렸다. 나는 진실의 소중함과 사랑의 숭고함을 인정하지만, 나의 현실에서 그것들이 어떠한 역할을 담당할 수 있는가에 대하여는 회의를 품고 있었다. 가령 내가 그 자리에서 진실을 그대로 드러낸다고 할 경우에 그 진실이 나의 입장을 호전시켜 주리라는 확신을 나는 전혀 가질 수가 없었다.

진실은 언제나 힘이 없는 자들의 차지였다. 그것은 전쟁터에서 쓰러져 목숨을 잃는 병사에게 추서*되는 구리로 만든 훈장과 같은 것이기 쉬웠다. 죽은 자의 훈장은 아무런 힘도 쓸 수 없다. 그것은 그저 그 훈장의 주인이 전쟁에 나갔고, 싸웠고, 죽었다는 사실만을 증거할 뿐이다. 거기에 입에 침 바른 약간의 수식어들이 동원되는 정도가 고작일 것이다. '용감히'라거나 '장렬하게', 또는 '숭고한' 따위의 어휘들이 동원되어 더욱 슬퍼지고 보잘것없어지는 주검과 훈장……. 그것이 진실이라는 단어의 속뜻일 것이다.

그렇지 않다면, 무엇이든 소유하는 데 망설임이 없는 저 탐욕스러운 '힘을 가진 자들'이 어째서 유독 진실을 소유하는 데에만은 욕심을 내지 않겠는가. 왜 진실을 힘 없는 자들의 몫으로 남겨 두

*추서 : 죽은 뒤에 관등을 올리거나 훈장 따위를 줌.

겠는가. 그들은 진실을 그저 힘 없는 자들이 헛되이 붙들고 있는, 효력이 의심스러운 변명거리 정도로밖에 생각하지 않는 것이다.

나는 나의 무력을 실감했다. 그 순간에 내가 내밀 수 있는 무기는 없었다. 나는 결국 진실을 말하는 것 말고는 아무것도 더 할 수 없다는 인식에 이르렀다. 자신에 대해 무력을 느끼는 사람들에게 결국 진실이(비록 헛된 집착일지라도) 유일한 변명일 수밖에 없는 까닭을 알 수 있을 것 같았다. 그들에게는 그것 말고는 선택의 여지가 없는 것이다. 순교자들은 왜 순교하는가. 그들은 그것 말고는 전혀 다른 대안을 가지고 있지 못하기 때문이다. 그들이 가지고 있는 것은 단지 진실, 또는 진리일 뿐이므로 그들로서는 그것을 고수하지 않을 수가 없고, 그리하여 그들은 선택의 여지가 없이 순교자가 되는 것이 아니겠는가.

나는 선택의 여지가 없다는 것을 깨달았다. 나는, 그렇게 했을 때의 영향력이나 효과는 전혀 고려하지 않은 채로 사실대로 이야기하기로 결정했다.

심문관은 명동에 나타난 이유를 물었고, 나는 결혼식 때문이라고 대답했다. 질문자는 빙그레 웃으면서 그것은 알고 있다고 말했다. 그는 내가 농담이라도 지껄일 마음이 있는 줄 아는 모양인가. 흥미 있다는 듯한 표정으로 나를 바라보고는 '위장 결혼식에 참석코자'라고 타이핑했다.

그의 질문은 곧바로 이어졌다. 어떤 경로를 통해 연락을 받았는가……. 나는 오늘 퇴근 무렵에 청첩장을 받았노라고 대답했다.

퇴근 무렵에 청첩장을……. 내 말을 따라 하고 나서 그는 다시 웃었다. 청첩장을 받으면 누구의 결혼식인지도 확인하지 않고 무조건 참석하느냐고 그는 물었고, 나는 그렇지 않다고 대답했다.

그러면? 하고 묻는 듯한 눈빛으로 그는 타이프를 치던 손을 멈추고 나를 쳐다보았다.

나는 대답했다. 아는 사람의 결혼이었다고.

그는 누구를 아느냐고 따졌다. 신랑 측 하객이었는지 신부 측 하객이었는지를 따져 물을 때 그는 차라리 짓궂다 싶은 표정을 짓고 있었다. 꼼짝없이 걸려들게 했다고 만족해하는 눈치가 역력했다. 나로서는 신랑인 최상택이 나의 친구임을 솔직하게 밝히지 않을 수가 없었다. 아니, 애초부터 나는 그것을 숨기려는 의도 같은 걸 가지고 있지 않았다.

최상택이 친구라고? 그는 나의 말을 되씹고 나서 회심의 미소를 지었다. 그렇게 되는구먼……. 그는 중얼거렸고, 곧이어서 한층 난처한 질문들을 쏟아 놓았다.

어떤 단체에 소속되어 있는가. 최상택과 같은 단체인가. 최상택은 자주 만나는가. 이번 집회에서 부여받은 역할은 무엇인가. 연락책을 맡은 것인가. 이 집회의 배후에는 누가 있는가……. 나로서는 대답할 수 없는 부분이 너무 많았다. 따라서 나는 입을 다물 수밖에 없었다.

대답을 순순히 잘해 나가다가 갑자기 모른다고 고개를 젓고 나서는 내게 그가 혐의를 더욱 확신하게 되었는지 어쨌는지에 대해서는 잘 모르겠다. 실처럼 가늘어진 눈으로 금방이라도 쫄 듯 노려보던 그는 나를 남겨 놓고 일어나더니 밖으로 나갔다.

그리고 그는 한동안 들어오지 않았다. 그를 기다리는 동안 내게는 설렁탕이 한 그릇 주어졌다. 배가 많이 고팠고, 밤이 제법 깊었음을 알 수 있었다. 하지만 잠도 오지 않았고, 설렁탕에 숟가락을 댈 수도 없었다.

단지 극심하게 오줌이 마려울 뿐이었다. 화장실을 두 번이나 갔다 왔지만, 오줌보를 쥐어짜는 듯한 요의는 사라지지 않았다. 그 분주한 요의는 일종의 고백이었을 것이다. 태연을 가장하고 있었지만, 사실은 몹시 불안하고 혼란스러운 정신 상태에 놓여 있다는 표시였을 것이다. 흔들림 없는 안정 속에서는 사람은 결코 그처럼 호들갑스러운 요의에 붙들리지 않는 법이다.

나는 소문을 통해서, 이런 장소에서 빈번하게 행해진다는 비인간적인 행위에 대하여 들어 알고 있었다. 그러나 그 순간 내가 느꼈던 정신적인 혼란은 비단 당장 다가올지도 모르는 고문에 대한 두려움이 아니었다. 그것은 오히려 무엇이 들이닥칠지 모른다는 자각에서 말미암은 불안이라는 쪽이 보다 정확할 것이었다. 예컨대 나는 구체적이고 외형적인 어떤 사태에 대해 두려워하고 있었던 것이 아니라, 보다 총체적이고 형체가 없는, 막연한 분위기에 대해 불안을 느끼고 있었던 것이다. 두려움은 대상이 분명하기 때문에 피할 수 있지만, 불안은 대상이 모호하기 때문에 피할 수도 없다고 말한 사람이 누구이던가⋯⋯. 나는 올이 촘촘한 불안의 그물에 붙들려 안절부절못하고 있었다.

나의 심문관이 다시 들어온 것은 내가 두 번째로 소변을 보고 돌아와 앉은 직후였다. 모르긴 해도 자정은 지나 있으리라고 생각되는 시간이었다. 그는 아까보다 인상이 훨씬 딱딱하게 굳어 있었다. 그의 인상의 딱딱함은 밤늦게까지 집에 돌아가지 못하고 일을 해야 하는 귀찮음과는 다른 것이었다.

그는 자리에 앉자마자 담배를 한 대 권했고, 그러고는 곧 심문을 시작했다. 이제 그는 전혀 웃지 않았고, 여유 있는 표정 같은 것도 짓지 않았다. "되도록 이야기를 빨리 마치도록 합시다, 그것이 서로에게 유익합니다"라는 말을 했을 뿐이었다.

그는 이미 한 번 이상 물었던 질문들을 다시 던졌다. 그러나 이번에는 이 집회에서 내가 맡은 역할 같은 것에 대하여는 별로 관심이 없는 모양이었다. 그의 질문의 내용은 두 가지로 압축되어 있었다. 그 하나는 정부 전복을 기도한 이 집회(그는 그렇게 단정적으로 말했다. 사회 혼란 조성, 선동, 정부 전복⋯⋯ 이런 어휘를 망설임 없이 사용함으로써 그—그들이 이번 집회의 성격을 어떻게 규정하고 있는지를 분명하게 드러내고 있었다)의 배후에 누가 있느냐는 것이었다. (그는 실제로, 이름을 대면 누구라도 알 만한 재야 지도자 가운데 한 사람의 이름을 직접 거명하기까지 했다.) 또 하나는 나의 친구인 최상택에 대한 집중적인 질문 공세였다. 그의 질문의 내용으로 미루어 보아 상택은 체포되지 않은 것 같았다. 그는 상택이 지금 어디에 있는지를 집요하게 물었던 것이다.

나는 똑같은 말만을 반복했다. 진실은 참으로 무력했다. 나는, 이자가 내게 거짓말이라도 해 주기를 바라고 있는 게 아닌가 하고 생각했다. 거짓을 말한다면 그는 오히려 그것을 더 믿으려 할지도 모르는 일이었다. 그러나 내게는 어떤 거짓말도 준비되어 있지 않았다. 거짓말이란 지어낸 이야기가 아니라 진실의 왜곡일 것이다 (소설가들을 거짓말쟁이라고 부르지 않는 이유를 생각해 보라). 그 경우 진실은 마지막 카드가 된다. 따라서 진실을 왜곡함이 없이 처음부터 그대로 내보인 사람에게는 아무런 카드도 더 이상 남아 있지 않다. 마지막 카드를 써 버린 사람에게는 더 이상 아무런 선택의 여지가 있을 수 없는 것이다. 순교자들이 순교밖에는 다른 길을 알지 못하는 것처럼……

나는 거짓을 말하지 않는다는 이유로 발길로 걷어차였고, 무릎 꿇림을 당하였다. 거짓을 말하지 않는 것이 죄가 되고 형벌의 이유가 되어야 하는 세상의 끔찍함—그렇다, 내가 막연하게 이해하고 있던 불안의 정체는, 예컨대 그와 같은 끔찍한 현실의 도래를 예감한 데 대한 거의 본능적인 심리적 거역인 셈이었다.

8

열 장이나 되는 반성문을 쓰게 하고(나는 무엇을 반성해야 하는지도 모르는 상태에서, 무엇을 쓰는지도 모른 채 열 장을 채웠다) 나를 내보내면서 나를 심문했던 사내가 알려 준 바에 의하면, 나는 정확히 48시간을 갇혀 있었다고 했다.

그곳에서 무엇보다도 괴로웠던 것은 잠을 자지 못한 일이었다. 들리는 말에 의하면 잠을 전혀 재우지 않음으로써 사람의 정신을 혼미하게 한다고 하는데, 내 경우는 그렇지 않았다. 어찌 된 일인지 작자는 내게 잠잘 시간을 충분히 주었다. 대부분의 시간을 나는 혼자 있었다. 그런데도 나는 잠을 잘 수가 없었다. 몸은 자꾸만 땅 밑으로 무너져 내리는데도 정신은 안절부절못했다. 좀처럼 잠 속으로 빨려 들어가지지가 않았다.

왜 그랬을까. 나의 정신은 왜 한사코 잠을 거부했던 것일까…….나의 시간은 나의 것이 아니었다. 그러므로 나는 그 시간을 임의로 사용할 수가 없었다. 나의 시간의 주인이 언제 나타날는지 알지 못했기 때문에 나는 언제나 잔뜩 긴장하고 있어야 했던 것이다.

시간조차도 힘의 법칙 아래 지배받는다는 것이 진리일 것이다. 힘이 있는 자의 시간은 길고 공격적이며 착취적이다. 반면에 힘이 없는 사람의 시간은 짧고 굴욕적이며 자기희생적이다. 그처럼 힘은 사람들의 시간에도 개입하고 간섭한다. 그리하여 힘을 가진 자는 힘이 없는 사람의 시간까지도 점령지로 삼으려 한다. 내게 아무리 풍부한 시간이 주어졌다고 하더라도 그곳에서의 나의 시간은 이미 껍데기에 불과했다. 나의 시간은 나의 심문관에게 벌써 점령당한 다음이었다. 나의 시간은, 나의 공간이 그러한 것처럼, 그자의 점령지일 뿐이었다. 잠이 나를 편안하게 끌어안을 이유가 없었다.

그자는 내게 돌아가도 좋다고 말했다. 당신은 48시간 동안 이곳에 있었습니다, 운이 좋은 줄 아십시오…… . 그는 내게 담배를 권했다. 나는 담배를 거절했다. 이상하다는 듯이 그는 나를 쳐다보았다.

"담배를 좋아하지 않습니까?"

나는 대답하지 않았다.

"최상택이 나타나면 연락을 해야 합니다. 잘 모르시는 모양인데 그놈은 빨갱입니다. 아주 위험한 인물이에요."

사내는 담뱃갑에 담배를 도로 집어넣으면서 빙글빙글 웃었다.

집으로 돌아와서 나는 잠을 잤다. 혼자서 밥을 끓여 먹으며 지내는 내 단칸 셋방은 무서운 바람이 할퀴고 가기라도 한 듯 잔뜩 어지러워져 있었다. 책상 서랍은 내용물을 다 쏟아 내놓은 채 책상 위에 올려져 있었고, 옷과 이불을 한꺼번에 넣어 두게 되어 있는 조그만 장도 내장을 드러내고 있었다. 책장의 책들도 대부분이 방바닥에 쏟아져 뒹굴고 있었다. 그사이에 누군가 들이닥쳐서 방 안을 한바탕 휘젓고 갔음이 분명했다.

그 어지러운 살림살이들 한가운데 아무렇게나 쓰러져서 나는 잠부터 잤다. 잠은 어지럽고 산만했다. 나는 자꾸만 눈을 떴다가 다시 잠이 들곤 했다. 48시간 동안 제대로 눈을 붙이지 못했었는데도 깊은 잠에 빠져 들 수 없는 게 이상했다.

방 안의 꼴처럼 어지러운 잠에서 깨어나자마자 나는 방문 앞에 쌓여 있는 신문들을 읽었다. 정부의 전복을 기도하는 불순 세력의 음모로 규정되어 있는 위장 결혼식 사건 기사가 나와 있었다. 나는 벌렁거리는 가슴을 진정시켜 가며 그 기사를 읽었다. 이름을 대면 금방 알 수 있는 인사들이 여러 명 내란 음모죄로 체포되어 있었고, 그보다 훨씬 많은 사람들이 수배되어 있었다. 그 수배자의 명단에는 최상택의 이름도 끼여 있었다.

9

하루를 더 쉬고 회사에 나갔을 때 회사 동료들이 내게 보였던 반응을 상기하는 것이 의미가 있을까. 아니, 내가 그들의 나에 대한 반응—그 복잡하고 독특한 형식의 심리 구조를 제대로 옮길 수 있을지가 의심스럽다.

그들의 반응 가운데 우선 피상적으로 두드러진 것은 과도한 친절이었다. 회사에 출근하면서 나는 그동안의 무단결근에 대한 변명거리를 마련하느라 부심하고 있었는데 그들은 내게서 그런 짐을 덜어 주었다. 되도록이면 나는 그곳에서의 48시간을 숨길 생각이었는데, 그들은 벌써 나의 결근 이유를 알고 있었다. 고생이 많았지요? 하고 그들은 저마다 한마디씩 했다. 그들 중에는 이놈의 세상이 뒤집어져야 한다는 둥 제법 의분에 찬 소리를 내는 사람도 있었다.

그러나 그들의 친절 속에서는 어딘지 작위의 냄새가 묻어난다고 나는 느꼈다. 가령 그들은 어떤 대화가 시작되면 나에게 대단한 친절을 과시하다가도 대화가 마감되고 나면 되도록 시선을 피하려고 했다. 대화를 나누는 중에도 서둘러 끝마치고 싶어 한다는 예감을 받았는데, 그것은 나의 신경이 턱없이 예민해진 때문이었을까……. 그랬으면 하고 바랐다. 하지만 점심시간이 되었을 때 식사를 하기 위해 하나 둘씩 사무실을 빠져나가는 사람들 가운데 누구도 내게 동행을 요청하지 않은 사실은 어떻게 이해해야 좋을까. 인정하고 싶지 않지만, 그들의 나에 대한 경계심은 그것으로 충분히 드러난 셈이었다.

나는 텅 빈 사무실에 앉아서 그들의 나에 대한 경계심을 읽었다. 과도한 친절 속에 숨겨진 경계의 그림자…… 그들은 자신들 속의 그 경계심이 들통 나는 것을 두려워하고 있기까지 했다. 그들의 과도한 친절이 그 증거였다. 지나친 것 속에는 언제나 무엇인가가 감춰져 있기 마련인 법이다.

하지만 그들은 왜 두려워하는 것일까. 나는 그들의 두려움에서 죄의식을 보았다. 천지에 널린 죄의식과 불안—거기에 살고 있다는 이유만으로 이미 불안의 먹이이고 죄의식이 밥이 되어야 하는 그런 세상이 있다. 그런 세상에서는 누구나 희생자일 뿐이다.

퇴근 무렵에도 사람들은 점심 식사 시간 때와 동일한 움직임을 보였다. 나는 그들이 동행을 요구해 줄 것을 은근히 기다리고 있었다. 그들 중에 누군가가 술자리로 나를 이끌리라는 희망을 품게 된 것은 나의 48시간이 회사 내에 이미 알려졌음을 확인한 때문이었다. 그러나 그렇지 않았다. 그들은 나의 눈길을 의도적으로 피하려고 했다.

퇴근 시간이 되어 나를 부른 사람이 있기는 있었다. 사장이었다.

10

40대 중반의 독신녀인 사장이 폭군이라는 고자질은 이미 했다. 여기서 그 여자의 폭군다움에 대하여 길게 이야기할 필요는 없지 싶다. 하루에 한 번씩 열리는 전체 회의 시간을 통해서 거의 모든 직원들이 참아 내기 힘든 모욕과 욕설을 바가지로 얻어먹을 뿐만 아니라 걸핏하면 서류철이 내동댕이쳐지는 수난을 당하기도 한다는 사실을 밝히는 것으로 충분하지 않을까. 한 가지 더, 직원들 중에서 여사장에게 정강이를 차이지 않은 사람이 거의 없을 것이라는 사실도 참고로 첨가해 두자.

내가 새삼 말하려고 하는 점은 직원들이 그러한 가학적인 대우를 당연하게 받아들이고 있다는 것이다. 그들은 그러한 분위기에 너무 익숙해 있었다. 익숙해 있는 사람은 여간해서는 불만을 말하지 않는다. 그만큼 침착하기 때문이다. 그들은 좀처럼 말썽을 일으키지 않는다. 오직 이방인만이 말썽을 일으키는 법이다. 따라서 익숙해진 사람들만 모여 있는 곳에서는 현상 유지가 가장 중요한 덕목이 된다. 그것만이 유일한 대안이 된다. 그래서였을까. 직원들은 아무도 말썽을 부릴 생각이 없었고, 그 결과로 직장에서의 사장의 권한을 무한대로 보장해 주고 있었다.

그 사장의 권위에 도전을 해본 사람이 전혀 없었다는 뜻은 아니다. 그러나 그러한 도전은 번번이 도전자에게 상처를 남길 뿐이었다. 모욕이거나 시말서, 심한 경우에는 감봉에서 해고에 이르기까지 사장이 휘두를 수 있는 흉기는 얼마든지 있었다.

그 사장이 사용하는 통치 기술의 독특함을 밝혀 보는 것이 어느만큼 유익할지 모르겠다. 언젠가 회사 내에 미숫가루를 준비하는 소동이 일어난 적이 있었다. 회사원들 사이에 미숫가루를 마련해 두었느냐는 말이 인사가 될 정도이던, 그 소동의 진원지는 사장이었다. 사장은 강력하고 공공연하게 2월 위기설을 유포하고 있었다. 2월에 이 나라에 큰 변이 생긴다는 것이었다. 1950년의 6·25 전쟁과 같은 엄청난 재난이 이 강산에 곧 들이닥칠 것이라는 그 무시무시한 예언은, 절대 권력을 휘두르던 정권이 비극적으로 막을 내리고 혼란과 암투에 대한 소문들이 어지럽게 날뛰는 뒤숭숭한 시대 상황과 맞물려 그럴듯하게 받아들여졌었다. 더구나 그 공포감을 주입하고 있는 사람은 우리의 여사장이었다. 그녀가 가지고 있는 그 특유의 감화력은 누구도 흉내 낼 사람이 없을 지경이었다.

곧 재난이 닥칠 것이므로, 그때를 대비하여 미숫가루를 만들어 놓으라는 분부를 사장은 하루도 빼놓지 않고 되풀이했다. 미스터 김, 미숫가루 준비했어? 미스 리는? 내 말 무시했다가는 큰 재난 당할 테니까, 두고 보라고. 일 생기고 후회하지 말고, 후회해 봤자 때는 늦을 테니까, 미리미리 서두르라고. 이건 틀림없는 진짜 예언이야. 공갈이 아니야⋯⋯. 가족들한테도 이르고, 친지들한테 모두 이르라고. 난리가 온다고. 대비하라고⋯⋯.

직원들 가운데 아무도 그 재난설의 근거를 묻지 않은 일에 대하여 의아하게 생각할 필요는 없다. 그들은 그것의 근거가 어디에 있는지를 모두들 너무나 잘 알고 있었다.

그녀에게는 신령한 능력이 있었다. 적어도 그녀는 그렇게 믿고 떠들어 대었다. 그녀는 남들이 전혀 알지 못하거나 관심을 기울이지 않는 세계에 대해 이야기하기를 좋아했다. 한 예로 그녀가 가장 많이 언급하는 것이 꿈에 대한 이야기였다.

어젯밤 잠을 자는데, 꿈속에서 죽은 대통령을 만났다. 대통령이 나의 손을 붙잡고 얼마나 원통해하는지⋯⋯ 그 양반이 그랬어. 이 나라가 걱정된다고. 이 나라를 잘 좀 보살펴 주라고. 내게 그런 사명이 있다는 거야. 내가 거절했지. 나 같은 사람이 어떻게⋯⋯ 그런데도 한사코⋯⋯ 할 수 없이 국회로 나가야 되려나⋯⋯. 그런 식이었다.

　꿈속에서 그녀는 비명횡사한 대통령도 만나고, 부처님도 만나고, 하나님도 만났다. 그들은 대부분 그녀에게 큰 사명을 맡기거나, 회사의 발전을 보장해 주거나, 앞으로 되어질 일을 알려 준다는 것이었다. 그녀가 주제넘게도 국회의원 자리를 몹시 탐내고 있다는 소문은 회사 내에선 이미 공공연한 사실이었다. 아마도 그러한 불가능한 욕망이 그녀의 꿈속을 방문하는 모양이라고 생각하면서도, 직원들은 그녀의 꿈을 함부로 무시하지 못했다.

　어떻게 그렇게 터무니없는 이야기들을 믿을 수 있는가를 의심하며 코웃음 치는 사람들은, 얼토당토않은 교리를 내세워 혹세무민하는 형편없는 사교에 빠져 드는 광신도들의 심리 상태를 먼저 헤아려 볼 일이다. 중요한 것은 감화력, 즉 힘이다. 감화력의 근거는 언제나 말의 내용에 있는 것이 아니라, 그 말이 행해지는 방식에 있는 것이다.

　2월 위기설의 경우도 그러했다. 하지만, 어째서 하필이면 미숫가루란 말인가. 그녀의 설명에 의하면, 이번에 그녀의 꿈을 방문한 것은 이순신 장군이었다. 이순신 장군이 꿈에 나타나, 되도록 많은 사람에게 이 국난을 알려서 대비하게 하라고 했다는 것이 그녀의 이야기였다. 한 달 치의 미숫가루를 마련하라는 당부도 하더라는 것……. 터무니없기로는 이만 한 것도 달리 없을 것이다. 그러나 처음에는 무슨 헛소리냐고 콧방귀를 뀌던 사람들도 사장의 되풀이되는 강조에 그만 긴가민가하면서도 넘어가지 않을 수가 없었다. 앞일을 예언하는 자들이 가진 권위의 효율성은 의심의 여지가 없다. 그들은 미지의 공포를 주사한다. 한 치 앞을 예견할 수 없는 이 나라의 정치 현실, 그중에서도 특별히 12월 12일, 한남동에서 울린 여러 발의 총소리가 결정적으로 그녀의 편을 들어주었다. 그 사건이 터지자 사장은 대단한 원군이라도 얻은 것처럼 한 층 신이 나 가지고 2월 위기설과 '미숫가루'를 강조하고 다녔다. 거 봐라, 이놈들아, 이래도 안 믿을 테냐……? 그런 투였다. 힘 앞에서의 대중의 우매함을 예시해 주는 단순한 에피소드 정도로 끝날 수 있는 이야기였으면 좋겠다.

사장실은 어이없게 크고 화려했다. 운동장처럼 넓은 공간에 깔린 붉은 양탄자, 사장이 앉은 자리 뒤로 벽 전체를 덮고 있는 대형 병풍, 회전의자, 그리고 소파…….

"앉아요."

사장은 한쪽 구석에 놓인 소파를 가리켰다. 나는 소파로 가서 몸의 부피를 줄이고 앉았다. 그녀는 자기 자리에 그대로 앉아 있었다. 그 의자는 보통 의자보다 조금 높았고, 360도 회전이 가능한 의자였다. 사장은 늘 그 자리에 앉아서 직원들을 호령하곤 했다.

그녀와 나 사이에는 운동장만 한 양탄자가 가로놓여 있었다. 그것은 피가 흐르는 강물처럼 보였다. 히브리의 한 영웅이 이집트의 왕 파라오 앞에서 하수를 치자 그 물이 피로 변하였다는 기록을 성서의 어디엔가에서 읽은 기억이 났다. 뜬금없이 모세는 무엇이며 핏빛 하수는 또 무엇이란 말인가. 분별 없는 기억력에 나는 조금 짜증을 느꼈다.

"어떻게 된 사람이……."

마침내 사장이 말문을 열었다. 어떻게 된 사람이 그렇게 사려가 깊지 못하느냐고 그녀는 야단을 쳤다. 아무리 세상이 뒤숭숭하기로 그렇게 시건방을 떨고 다녀도 되느냐는 논조였다. 서로 자중하고 근신하여 안정을 되찾고 질서를 회복해야 할 국가 존망의 위기에 경거망동도 유분수지, 사회 혼란을 조성하려는 불순분자들과 행동을 같이해서야 되겠는가고 훈계를 했다.

"그분이 진짜 영도자였는데. 보라고, 이 혼란과 무질서를…… 저마다 제 잘났다고 난리니……. 백성들은 그저 풀어 주면 안 된다니까. 꽉 조여야 해. 나사를 조이듯이……. 그 양반이 아니면 수습하기 힘들 텐데, 그분 같은 지도자는 다시는 나타나지 않을 거야……."

그렇게 말할 때, 여사장은 죽은 독재자에 대한 강력한 그리움을 노골적으로 드러내고 있었다.

나는 말을 할 기회를 잡을 수가 없었다. 언제나 그런 식이었다. 그녀는 자신에게 해야 할 말이 남아 있는 동안은 결코 다른 사람에게 마이크를 넘기려 하지 않았다.

그녀의 계속되는 말속에는 나에 대한 불신이 은밀하게 스며 있었다. 무엇보다도 그녀는 자신의 견고한 왕국이 잘못 간택한 하찮은 신하 한 명으로 하여 혹시 흔들리게 되지 않을까를 필요 이상으로 걱정하고 있는 눈치였다.

마침내 그녀는 백지를 내게 휙 던졌다. 나는 그것을 받기 위해 몸을 일으키다가 소파 귀퉁이에 다리를 찧어야 했다. 그 흰 종이가 의미하는 것은 시말서거나 각서일 것이었다. 그리고 그로 말미암은 규정상의 감봉일 것이었다.

"거기에다 솔직하게 쓰시오. 우리 회사는 불건전한 의식을 소유하고 있는 사람에게 월급을 주고 싶은 생각이 추호도 없소. 그러니 거기에 자초지종을 소상히 적고, 다른 한 장에는 반성문을 쓰시오. 다시 말하지만, 나는 권위에 도전하고 사회의 혼란을 모의하는 위험 분자들의 신분을 보장해 주어야 한다는 필요를 전혀 느끼지 못하는 사람이오."

나는 그 모든 일이 몹시 짜증스럽게 여겨졌다. 그녀는 내게 쓰라고 해 놓고도 쉴 새 없이 지껄여 대었지만, 나는 거의 그녀의 말을 듣고 있지 않았다. 무엇을 쓰고 싶다는 생각도 생기지 않았다.

그 순간에 나는 저 사람의 요구가 밀실의 그 심문관을 닮아 있다는 사실을 발견했다. 그들은 동일한 형식의 복종을 내게 요구하고 있었다. 그들은 똑같이 명령하고 있었다. 그들은 명령자였고, 나는 그 명령에 복종해야 하는 자였다.

나는 계속해서 그녀가 왜 내가 앉아 있는 소파로 가까이 다가와서 이야기하지 않는가를 나 자신에게 질문하기 시작했다. 자신이 소파로 다가오지도 않으면서 나만 소파에 앉게 하는 것은 왜인가. 그녀의 자리와 내가 앉은 소파 사이에는 엄청난 거리가 있었다. 그 거리는 심리적으로 강물과 같다는 생각이 들게 했다. 더구나 나의 위치는 낮았고, 그녀는 높은 의자에 앉아 있다. 그것은 우연하게 그렇게 된 것으로 보이지가 않았다……. 나는 어떤 생각을 하고 있었다. 시간에 간여되어 있는 힘의 영향력을 깨닫던 밀실에서의 체험을 그것은 연상시켰다.

공간에서의 위상 또한 힘과 관련되어 있지 아니한가. 더 많고 더 높은 공간을 차지하고 있는 사람이 그렇지 못한 사람에 비해 상대적으로 보다 큰 힘을 가지고 있다고 말할 수 있을 것이다. 결국 힘은 상대적일 수밖에 없고, 그 상대적인 위상은 공간의 확보에 의해 표출되게 마련인 것이다. 성직자의 설교단이나 지휘관의 자리가 언제나 높은 데에 마련되는 것이 그 증거이다. 또 그들이 차지하는 공간의 넓이를 그 아래서 그들의 설교나 훈계를 경청하고 있는 신자들이나 병사들의 그것과 비교해 보라. 현저한 차이, 그것은 전적으로 그들의 영향력과 관련되어 있다. 물은 높은 데서 아래로 흐르고, 작은 시내는 큰 강에 흡수된다. 그 역은 불가능하다.

"이것 봐. 왜 쓸 생각을 안 해? 반항하는 거야? 그리고 도대체 내 말을 듣고 있는 거야, 안 듣고 있는 거야."

나는 벌써부터 그녀의 이야기를 귀담아 듣고 있지 않았기 때문에 그녀가 무슨 말을 했는지 알 수가 없었다. 나는 엉겁결에 듣고 있지 않았다고 말해 버렸다.

"듣고 있지 않았어? 그렇게 말해도 되는 거야? 사장을 뭘로 보는 거야, 도대체. 나가. 반성문이고 뭐고, 필요 없어. 너는 해고야. 꼴도 보기 싫어."

사장은 몸을 부르르 떨었다. 어째서 몸을 떠는가. 힘을 행사하는 자리에서 몸을 떠는 것은 무슨 뜻인가. 채찍을 든 가면의 여자와 그 채찍에 등줄기를 내밀고 엎드린 남자(들)의 환영이 눈앞에 펼쳐지려 하였다. 나는 세차게 고개를 저었다. 그 순간 나는 하나의 이치를 깨닫는 듯한 심정이 되고 있었다.

사람들은 두려움 때문에 복종하지만, 또 두려움 때문에 지배하기도 한다. 폭력을 휘두르는 자의 내면에 도사리고 있는 것은 신념이나 우월감이 아니라 파괴적인 불안이며 두려움일 가능성이 높다. 무엇에 대한? 운명의 불확실함과 자기 정체의 위기감에 대한……. 생각하면 참으로 안쓰러운 일이다. 채찍처럼 날카롭고 빈틈이 없어 보이는 지배자의 의식 뒤에 비스킷처럼 바삭거리는 그렇듯 허약한 감정이 또아리를 틀고 있다니.

사람들의 관계는 오로지 명령을 하는 자와 명령을 받는 자 간의 관계일 뿐이다. 다른 관계란 없다. 그것이 사람과 사람 사이의 관계가 힘으로 연결되어 있다는 증거이다. 그녀는 명령을 하는 자였

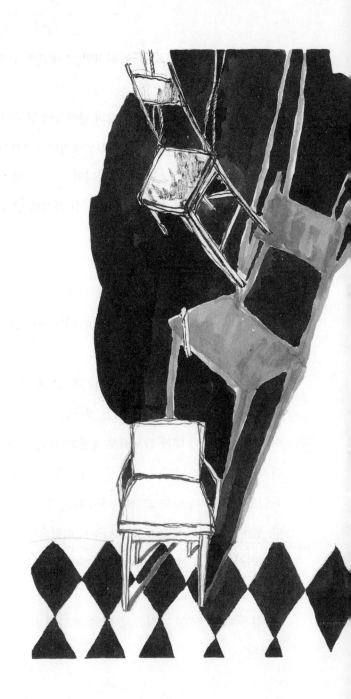

고, 나는 명령을 듣는 자였다. 하지만 그 내면의 구조는 조금도 다르지 않은 것이다.

나는 문득 이 고리타분한 인습의 관계들에 염증이 치솟는 걸 느꼈다. 나는 불쑥 달아나고 싶다고 중얼거렸다. 달아나고 싶다. 이 관계들의 사슬을 끊고, 할 수만 있다면……. 그때 나의 중얼거림을 지시한 무의식의 수면 위로 언뜻 한 사람의 얼굴이 떠올랐다. 문희규였다.

11

희규는 죽었다. 참으로 어이없게도 나는 그의 파격적인 죽음을 신문에서 발견했다.

경찰서에서 풀려나온 내가 어지러운 잠 속에서 깨어나자마자 맨 먼저 한 일은 밀린 신문을 읽은 것이었다. 그 신문에서 여러 명의 재야 인사들이 내란 음모죄로 체포되었다는 기사를 읽었었다. 여러 명의 수배자 명단 속에 최상택의 이름도 들어 있다는 사실을 확인했었다. 그때 나는 그 신문에서 다른 기사는 전혀 읽지 못했다. 한쪽으로 밀쳐 두고 도로 드러누워 버렸으니까.

따라서 희규의 기사를 대한 것은 다시 한나절이 지난 다음이었다. 나는 어질러진 방 안을 대충 치우고 앉아 다시 신문을 펴 들었다. 결혼식과 관련된 기사를 좀 더 주의 깊게 읽어 볼 마음이 있어서였다.

그런데 그 기사의 왼쪽에 엉뚱한 사건 기사가 하나, 사진과 함께 실려 있었다. 사진은 거대한 체구의 개였고, 그 사진의 하단에 '문 씨를 물어 숨지게 한 도사견'이라는 사진 설명이 붙어 있었다. 그 사진 설명만으로 나는 벌써 어떤 불길한 예감을 감지했다. 내 속에서 날카로운 기억 하나가 발돋움을 하며 몸을 일으키고 있었다. "나는 말이지요. 개에게 물어 뜯기는 꿈을 자주 꾸어요……. 아마도, 나는 개에게 물려 죽을 거예요"라고 우울하게 되뇌던 사내의 얼굴을 나의 기억은 아직 보유하고 있었다. 불안이 먹구름처럼 엄습했다. 나는 심호흡을 하고 그 신문 기사의 내용을 읽어 내려갔다.

〔나주 —강호철 기자〕10일 오전 11시경 신청리 마을 뒤쪽 야산에서 이 마을에 사는 문희규 씨(27세)가 이웃집에서 기르는 도사견과 셰퍼드 등 수 마리의 개에게 전신이 물려 숨졌다. 사고 장면을 목격한 이웃 주민들의 진술에 의하면, 사고를 일으킨 개들은 같은 마을의 김준형 씨(51세)가 보신탕 집에 팔기 위해 길러 온 개들로, 성질이 난폭한 도사견들이 허술한 쇠줄을 끊고 나와 문 씨에게 달려든 것이라고 한다. 주민들이 몽둥이를 들고 개들을 쫓아낸 후에 보니 문 씨는 이미 피투성이가 되어 숨져 있었다. 김준형 씨 집에서는 도사견 5마리와 한국산 개 등 모두 20여 마리를 기르고 있는데, 도사견들도 일반 개와 함께 허술한 쇠줄에 묶어 놓아 평소

사고의 위험이 있었다는 것이다. 이날은 도사견들과 셰퍼드가 쇠줄을 끊고 나가 끔찍한 사고를 저질렀다. 사고를 당한 문 씨는 작년 9월 군에서 의병 제대(依病除隊)한 이후 특별히 하는 일 없이 집에서 쉬고 있었는데, 정신 질환이 있는 것으로 알려졌다. 주민들에 따르면, 이 동네에는 김준형 씨 등 세 집에서 개를 집단 사육하면서 보신탕 집에 공급해 오고 있는데, 이들 개가 이따금씩 동네를 어슬렁거리며 돌아다니고 있어 공포와 두려움을 느껴 왔다고 한

다. 경찰은 일단 개 주인인 김 씨를 중과실 치사 혐의로 구속키로 하고 사고를 일으킨 개들을 박살하기로 했다.

사고 기사 아래 도사견의 사진이 실려 있고, 그 옆의 박스 안에 도사견에 대한 설명이 덧붙여져 있었다.

도사견(土佐犬) : 송아지만 한 크기에 생긴 모습대로 성질도 사나워 골목길에 나돌 경우 공포의 대상이 된다. 더욱이 오래 묶어 놓았거나 굶주린 개일수록 포악해지고 사나워지는 것으로 알려지고 있다. 또한 잡종일수록 성격이 비뚤어져 사람을 물기도 한다고 동물 사육가들은 지적한다. 1957년에 일본에서 처음 들여온 도사견은 순종의 경우 싸움을 잘하면서도 사람을 해치지 않고 몸집도 진돗개 정도여서 애완견과 경비견으로 각광을 받았었다. 그러나 일부 사육가들이 빨리 몸집을 키우기 위해 셰퍼드 등 양견과 교배시켜 잡종을 만드는 바람에 원래의 온순한 성질은 없어지고 난폭해졌다. 5, 6년 전부터 보신탕 집이 붐을 일으키면서는 잘 자라는 개들과 마구 교배시킨 데다가 묶어서만 길러 성질이 더욱 포악해진 것이라고 한다.

나는 신문에서 눈을 뗄 수가 없었다. 불길한 예감이 현실로 돌아와 있었다. 사람이 개들에게 물려 죽었다. 송아지만 한 몸체의 난폭한 개들이 사람을 물었다. 문희규가 죽었다. 결국 개에게 물려, 그가……. 10일 오전이라면 내가 한참 심문을 받고 있던 시간이었다. 그 시간에 그는 개에게 물려 죽은 것이다.

그의 죽음을 어떻게 해석해야 할지 알 수가 없어서 나는 한동안이나 난감해 있었다. 죽는 자는, 그것이 어떤 형식의 죽음이든, 살아남은 자에게 하나의 책무를 떠안긴다. 그것은 그 죽음에 대한 해석이다. 죽는 자는, 대부분의 경우 문득 죽는다. 아무리 오랫동안 사경을 헤맨 사람이라 하더라도 마찬가지이다. 예정된 죽음이란 없다. 거기다가 죽음은 언제나 개별적이다. 모든 죽음이 다 특수하다. 죽는 자는 어느 순간에 문득 개별적으로 죽고, 그 죽음 곁에 있는 사람에게는 죽음에 대한 해석의 짐이 남겨진다. 죽음 또한 하나의, 매우 강력한 의사 표현인 까닭이다. 그리하여 이제 죽음은 죽어 없어진 사람에게서 살아남은 자에게로 그 몫이 전가된다.

일찍이 그는 자신의 죽음의 형식을 예언했었다. 그렇다고 해서 내가 그의 죽음에 대해 예언의 성취라는 식으로 해석할 수 있겠는가. 성취라는 단어에는 어떤 의지나 작위가 암시되어 있는 것 같다. 죽음에 대한 의지며 작위란 무엇인가. 자살? 나는 그 가능성을 배제하고 싶지 않았다. 하지만, 그것은 어쨌거나 그의 죽음에 대한 나의 해석이고, 그런 점에서 여러 가지 해석 가운데 하나의 해석일 것이었다. 해석이란 언제나 여러 가지 가능성 가운데 하나의 가능성을 선택하는 일임을 나는 안다.

어쨌든 좋다. 나는 문희규의 어처구니없는 죽음에 어느 정도 충격을 받았고, 그 죽음에 대한 해석을 놓고 제법 긴장을 하고 있기는 했다. 그렇다고는 해도 그것들이 내게 구체적인 어떤 행동을 지시하지는 않았었다. 예컨대 그를 만나겠다는 결심 같은 것은 생기지 않았던 것이다. 그런데 40대의 독신녀인 여사장의 방을 물러나오는 내게 문득 그런 생각이 떠오른 것은 무엇 때문이었을까.

너무나 당연하고 분명한 사실은, 그가 죽었다는 것이다. 그리고 그의 죽음을 해석해야 할 짐이 내게 남겨져 있었다. 그 순간, 나는 그의 죽음에서 언뜻 어떤 심상치 않은 상징의 냄새를 맡았다. 자신의 죽음으로 그는 무슨 말인가를 하고 싶어 한 것이 아닐까.

12

이튿날 오전에, 나의 늦잠을 깨운 것은 상택의 전화였다.

"회사로 걸었더니 안 나왔다고 하더라. 왜? 어디 아파?"

"그냥 좀…… 별거 아냐."

나는 얼버무렸다. 회사에서는, 누가 전화를 받았는지 모르지만, 나의 신상의 변화에 대해 자세하게 이야기하지는 않았을 것이었다. 나는 그의 안부를 물었다. 그는 밝게 웃었다. 그의 목소리에서 활기가 느껴졌다. 도망자의 것이라고 상상하기에는 너무나 의젓하고 밝은 목소리였다.

"좀 만나자. 내가 그쪽으로 갈게."

"그러지 말고……."

나는 혹시 나의 집 근처에 누군가 잠복해 있을지도 모른다는 생각을 했다. 나를 잡아 놓고 심문하는 동안 내 방을 엉망으로 어지럽혀 놓은 그들이었다. 상택이 나타나면 반드시 연락해야 한다고 말하지 않던가.

나는 어디 중간에서 만나는 게 좋겠다고 말했다. 우리는 동대문 쪽의 카페를 약속 장소로 정했다.

집을 나올 때 나는 주변을 살펴보았다. 무엇 때문인지 몹시 조심스러워지고 있었다. 미행하는 사람이 없는 걸 확인하고서야 버스에 올라탔다.

약속 장소에 가기 전에 나는 근처 은행에 들렀다. 통장에는 겨우 한 달쯤 살아 낼 수 있는 정도의 돈이 남아 있었다. 나는 예금액 가운데서 절반을 남기고 찾았다. 그러고는 찾은 돈의 절반을 봉투에 집어넣었다. 상택에게 건네주기 위해서였다.

상택은 의외로 건강해 보였다. 점퍼 차림인 나에 비해 양복을 말쑥하게 차려입은 그가 오히려 더 단정해 보일 정도였다.

그가 들어오기 전에 내가 먼저 도착했기 때문에 입구를 바라보며 앉아 있었다. 그는 얼마 지나지 않아 곧 카페 안으로 들어섰다. 그러고는 내가 앉은 자리로 와서 앉았다. 만약을 위해서 자신이 문을 마주 보며 앉겠다는 것이었다. 그러는 게 좋겠다는 생각이 들어 나는 몸을 일으켜 그의 맞은편으로 옮겨 앉았다.

그는 숨어 있을 곳이 필요하다고 말했다. 짐작대로였다. 그는 내가 당한 일을 모르고 있을 것이다. 나는 사정을 이야기했다. 나의 방에 그를 있게 할 수 없는 이유를 말해야 했기 때문이었다. 그는 내게 일어난 일이 자기 때문이라며 미안해했다. 나는 괜찮다고 말하면서 봉투를 건네주었고, 그는 고맙다고 말하며 받았다.

그리고 그는 무슨 말을 했던가……. 이제 승리는 시간 문제다. 대학마다 난리이고, 시민들도 시위대의 주장에 호응하기 시작했다. 어제 가두에 나선 인파들을 보았느냐. 대학마다 모조리 쏟아져 나왔다. 민주 인사들을 잡아 가두며 발악을 하지만, 민주화를 갈망하는 저 불길 같은 민중의 함성을 저들이라고 어쩌지는 못할 것이다. 모든 국민이 다 나서는데 모든 국민을 모조리 감옥에 가두겠느냐. 이제 거의 다 왔다. 우리는 곧 투쟁의 열매를 거둘 것이다. 조금만 더 몰아붙이면 된다……. 그런 말들 끝에 그는 누런 봉투에서 종이 한 장과 노트를 꺼냈다. 종이에는 타이프로 찍어 낸 글자들이 가득 실려 있었다.

"이걸 읽어 보고 여기에 서명해라. 계엄령 해제와 직선제 개헌 쟁취를 위한 범국민 서명 운동에 들어갔다……. 내일은 전국이 들끓게 될 것이다. 학생들을 비롯한 모든 민주 시민들이 서울역 앞으로 몰려들어 대규모 시위를 벌일 계획이다. 잊지 말고 나와라. 이 엄숙한 역사의 부름에 응해야 한다. 현장의 분위기에 따라서는 어쩌면 4·19의 재현이 이루어질지도 모른다."

그의 확신에 찬 목소리 앞에서 나는 다시 위축감을 느꼈다. 그의 확신이 부럽기까지 했다. 그것이 무엇이든 간에 확신을 가질수 있다는 것은 얼마나 행복한 일이랴. 확신을 소유한 자에게는 불안이나 머뭇거림이 끼어들 틈이 없을 것이었다. 솟구치는 불안을 떨쳐 버리기 위해서 부러 확신을 만들어 가지는 사람의 심리를 나는 가끔씩 생각했다. 어떤 경우에 확신은 자기 최면에 다름 아니다. 다시 말해서 사람의 행복조차도 더러는 최면, 또는 환각일수 있는 것이다. 그러나 행복을 느끼고 있는 사람을 향하여 "당신의 행복은 최면이며 환각일지도 모릅니다"라고 말하는 것은 현명한 일이 아니다. 사람의 확신을 깨뜨려 그것이 그가 뒤집어쓴 최면에 다름 아닐지도 모른다고 지적해 준다는 것은 참으로 못할 노릇인 것이다.

상택에게, 우리들의 그 영웅적인 도망자에게 내가 어떻게 다른 의견을 함부로 제시할 수 있겠는가. 내가 그렇게 말한다면, 아마도 그는 틀림없이 화를 낼 것이다. 그래서 어떻게 하자는 말이냐. 다시 군홧발 밑으로 들어가 눈 감고 입 봉하고 무릎걸음으로 살자는 말이냐……. 나는 아무 말도 하지 못했다. 언제나 그가 옳았다. 그는 당위를 깃발처럼 들고 있었고, 그것이 그의 힘이었다. 당위를 깃발처럼 들고 있는 자의 주변에는 함부로 무시할 수 없는 힘이 둘러쳐져 있게 마련이고, 그 앞에서 상대방은 부끄러움을 느끼지 않을 수 없는 것이다.

13

그 자리가 한 겹 더 무거운 부끄러움을 덮어쓰는 자리가 될 줄 누가 예측할 수 있었으랴. 그것은 참으로 어이없고 참담한 사태였다.

그가 내미는 성명서라는 것을 읽어 보지도 않고 내가 서명을 하자, 그는 곧 그 자리에서 일어서려 했다. 아니다. 내일 있을 집회의 참석을 당부하며 그가 막 자리에서 일어서려는 순간에 카페 안으로 세 명의 건장한 사내들이 들이닥쳤다. 그중에 한 명은 손바닥에 무전기를 들고 있었다. 입구를 향해 앉아 있던 상태이 벌떡 몸을 일으켜 세우고 화장실 쪽으로 걸어갔지만 이미 늦은 다음이었다. 그들은 민첩한 몸놀림으로 탁자와 의자를 뛰어넘으며 상태에게 달려들었다.

좁은 카페 안이 졸지의 소동으로 발칵 뒤집혔다. 사람들이 급히 몸을 피하고 있었다.

상태은 뒷문 쪽으로 몸을 틀어 달아나려 했다. 그러나 카페 밖에도 몇 명의 인원이 대치하고 있을 것이었다. 그들이 이 건물의 뒷문을 놓치리라고 생각할 수는 없었다.

나는 거의 절망적인 기분이 되어 있었다. 탁자 밑에서 두 손이 덜덜 떨렸다. 무슨 말도 입 밖으로 빠져나오지 않았다. 나는 참담한 기분으로 고개를 숙여 버렸다.

탁자 위에 그가 내밀었던 성명서가 놓여 있는 것이 보였다. 나는 엉겁결에 그것을 집어 호주머니 속으로 쑤셔 넣었다.

상택은 뒷문을 빠져나가지 못하고 붙잡혔다. 두 손이 뒤로 결박된 채 그는 악을 쓰며 내 곁을 지나갔다.

"봐, 이 자식들아. 이 더러운 개들아. 우리는 이긴다. 우리는 이긴다구. 이거 봐. 못 봐……."

"그 새끼, 되게 시끄럽네. 찍소리 못하게 해줄 테니까 따라와……."

그들 중에 한 사람이 상택의 정강이를 발길로 걷어찼다. 어이쿠, 소리를 내며 상택은 무릎을 꿇었다. 일어서. 이 새끼야……. 다시 발길질이 퍼부어졌다. 나는 꼼짝도 하지 못하고 앉아 그 모습을 바라보기만 했다.

상택은 그렇게 내 앞에서 붙들려 갔다. 아, 그가 사내들에게 이끌려 카페의 문을 나서기 직전에, 잠깐 고개를 돌려 나를 바라보았다. 그의 눈빛에 담긴 감정을 읽어 낸다는 것은 불가능한 일이다. 너무 많은 감정이 아니라 너무 복잡한 감정이 혼재해 있었기 때문이다. 아니다. 복잡한 감정을 담고 있는 눈은 그의 눈이 아니라 나의 눈이었다. 그는 단지 고개를 돌려 나를 쳐다보았을 뿐이었다. 어쩌면 아무런 생각도 하지 않고 있었는지 모른다. 하지만 그것만으로 충분했다. 그것만으로 내 속의 부역자 의식은 충분히 고개를 들고 일어날 수 있었다. 그 순간에 나는 무슨 계시처럼 한 배반자의 얼굴을 떠올렸던 것이다.

그 배반자의 이름은 베드로이다. 그는 3년 동안이나 추종하던

스승이 절명의 위기에 빠졌을 때, 세 번이나 스승과의 관계를 부인했다. 하찮은 계집종에게까지 자신과의 관계를 부인하는 이 겁 많은 제자를 스승은 고개를 돌려 바라보았다. 스승의 눈에는 무엇이 담겨 있었을까. 그 순간에 베드로가 스승의 눈에서 본 것은 무엇이었을까. 그리고 스승의 눈을 바라보는 제자의 눈에는……?

이 일화를 전하고 있는 텍스트는 그 점에 대하여 일관되게 침묵한다. 그 대신 텍스트는 베드로가 스승을 부인하는 바로 그 순간에 닭이 곧 울었다고 전한다. 그러자 베드로는 스승의 예언—닭 울기 전에 세 번 그를 부인하리라는—이 떠올라 밖으로 나가 통곡을 한다. 베드로의 통곡은 닭의 울음소리가 상기시킨 기억의 매질 때문이었던가. 거의 모든 텍스트들은 그렇게 암시하고 있다. 그러나 유독 하나의 텍스트만은 그 아슬아슬한 위기의 순간에 제자를 향해 던져진 스승의 눈빛을 부각시키고 있다. 그 텍스트의 기록자는 누가이다.

사람들이 뜰 한가운데에 불을 피우고 둘러앉아 있을 때, 베드로는 그들 틈에 끼여 앉았다. 그때 여종 하나가 불을 쬐고 있는 베드로를 유심히 보더니 말했다. "이 사람도 저자와 한패예요." 그러나 베드로는 "이 여자야, 나는 그를 모른다" 하고 딱 잡아뗐다. 조금 후에 또 어떤 사람이 베드로를 보고 "당신도 그들과 한패지요?" 하고 말했다. 베드로는 "나는 아니야, 이 사람아" 하고 대답하였다.

한 시간쯤 지난 뒤 또 다른 사람이 "이 사람이 갈릴리 사람인 걸 보니 틀림없이 그들과 한패요"라고 말했다. 그러자 베드로는 "여보시오, 나는 당신이 무슨 말을 하는지 도무지 모르겠소" 하고 대답하였다. 베드로의 말이 미처 끝나기도 전에 닭이 곧 울었다. 주님께서 몸을 돌이켜 베드로를 보시자 그는 "오늘 밤 닭 울기 전에 네가 세 번이나 나를 모른다고 할 것이다"라고 하신 주님의 말씀이 생각났다. 그는 밖으로 나가 한없이 울었다.

이 기록에 의지하면, 제자를 통곡하게 만든 것은 한낱 닭의 울음이 아니라 스승의 눈빛이 된다. 스승의 눈빛은 아마도 연민과 슬픔을 담고 있었을 것이다. 연민은 스승을 배반한 제자에게로 향하고, 슬픔은 제자로부터 배반당한 못난 스승인 자신에게로 향한다. 아니, 어쩌면 스승의 눈에는 아무런 감정도 담겨 있지 않았을 수 있다. 그러나 스승이 담고 바라보는 감정과는 상관없이 제자는 스승의 눈에서 정죄의 음성을 듣는다. 너는 배반자이다. 너는 나와의 관계를 부인했다. 그것은 곧 나의 존재를 부인한 것이다……. 제자는 자신 속에서 배반자를 본다. 그것은 의식의 수면 아래 깊이 잠겨 있는 폭력적인 죄의식의 일깨움 외에 아무것도 아니다. 그는 밖으로 나가 운다. 죄의식이 그를 통곡하게 한다.

역사의 페이지마다 그처럼 심장한 의미를 거느린 눈빛이 산

재해 있음을 나는 느낀다. 그 눈빛은 우리들 내면의 한구석에 희미하게 존재하고 있는 영혼을 불러일으킨다. 영혼은 우리의 귀에다 대고 속삭인다. 너는 배반자다. 너는 부역자다. 너는 죄인이다. 회개하라. 회개하라. ……그리하여 인간들은 파멸을 향해 한없이 떨어져 내리다가도 역사의 벼랑에서 극적으로 돌이켜 참회록을 쓴다. 참회록은 죄의식의 산물이다. 인류의 문명이 죄의식을 기반으로 하여 건설된 것임은 의심의 여지가 없다.

상택은 끌려갔고, 그의 눈빛만이 그렇게 내게 남았다. 그 눈빛은 내게 말하고 있었다. 너는 배반자다. 너는 부역자다. 너는 죄인이다……. 나는 어찌해야 좋을지 모른 채 덜덜 떨고만 있었다. 왜 그렇게 몸이 떨려 오는지 도대체 알 수가 없는 노릇이었다. 아니야, 하고 소리 지르고 싶었다. 하지만 말이 되어 나오지 않았다. 나는 내 속에서 무엇인가가 금방이라도 폭발하려 한다는 것을 눈치챘다. 그것은 이상한 슬픔이었다.

"고맙소. 덕분에 놈을 잡았소."

무전기를 든 사내가 카페를 나가기 전에 내 테이블로 다가와 은밀한 목소리로 그렇게 중얼거렸을 때, 나는 나의 전화를 떠올렸다. 너무 늦은, 어리석은 깨달음. ……나의 전화가 도청당했을 것이다. 어쩌면 놈들이 나를 군말 없이 내보내 준 것도 이런 식으로 해서 상택을 옭아매려는 수작이었을지 모른다. 나는 계속해서 몸을 덜덜 떨면서, 말을 더듬으면서, 정신 나간 사람처럼 울부짖으면서, 그 사내에게 달려들었다.

"이 나쁜 놈들. 너희들은…… 인간도 아니야…… 너희들은, 너희들은…….."

"이런 쌍놈의 새끼가 어디를 달려드는 거야. 그냥 봐줬더니, 너도 끌려가서 맛 좀 볼래. 어쭈, 아주 꼴값을 하는구먼. 그래, 울어라. 울어. 이런 겁쟁이 주제에…….."

사내는 나의 멱살을 쥐어서 바닥에다 내동댕이쳐 버렸다. 나는 탁자 모서리에 이마를 부딪치며 쓰러졌다. 사내는 나의 목을 군홧발로 밟았다. 숨을 쉴 수가 없었다. 나는 눈을 감았다. 눈물이 자꾸만 쏟아졌다. 사내가 눈알을 부라리며 소리 질렀다.

"몸조심해, 이 새끼야. 알았어? 시건방지게 굴었다간 너도 끝장이야. 알아? 지금이 어느 땐지나 알고 설치는 거야……?"

얼굴에 피가 흐르고 있었다. 나는 피를 닦을 생각도 하지 않고 바닥에 그대로 누워 있었다. 하염없이 눈물이 나왔다. 패잔병처럼 쓰러져서 눈물을 흘리는 나의 머릿속으로 개에게 물어뜯기는 희규의 환영이 선명하게 떠올랐다.

2
인간과 권력에 대한 개인적인 언급

1

존재는 하나의 개체이다. 그러나 동시에 세계에 속한 개체이다. 그것을 누가 모르겠는가. 사람은 개별성과 독자성을 추구한다. 그러면서도 동시에 똑같은 비중으로 어딘가에 소속되려고 한다. 끊임없이 어떤 공동체의 일원이기를 꿈꾼다…….

우리의 존재를 지탱하는 중요한 구성 요소로 이와 같은 양극의 기둥을 세운 사람을 알고 있다. 그는 그 양극의 요소를 일컬어 '참여'와 '개별화'라고 불렀다. 이 둘 가운데 어느 하나를 잃으면 나머지도 잃는다. 참여하지 않는 개체는 공허하고, 개체의 지원을 받지 못하는 공동체는 무의미할 것이다. 그런데도 이 두 개의 상반된 욕구—개별화와 참여—는, 현실 속에서는, 상호 모순하는 것처럼 보인다. 그 결과로 그 둘 사이에는 필연적으로 긴장이 생겨

나게 된다. 이들 사이의 긴장의 탄력이 각각의 존재를 구성한다고 할 수 있지 않을까……. 요컨대 두 요소 가운데 어느 쪽으로 더 기우느냐에 따라 그 사람의 성격의 꼴이 형성된다고 말할 수 있는 것이다.

어떤 사람은 천성적으로 집단에 대해 혐오감을 가지고 있다. 그들은 아무리 숭고하고 선한 공동체라고 하더라도, 그것이 인간의 예속을 유도하기 때문에 신뢰할 수 없다고 말한다. 그들은 아예 숭고하고 선한 공동체의 존재를 믿지 않는다. 그들이 경계하는 것은 공동체의 이념 아래 인간의 이름이 훼손되는 사태이다. 그들은, 개인의 고유함이나 자아의 자유로움은 너무나 예민해서 상처받기가 쉽기 때문에 집단의 예속을 견뎌 내지 못한다고 생각한다.

상기컨대 희규가 그랬다. 그는 집단에는, 그것이 아무리 선한 집단이라고 하더라도, 선이 없다고 믿는 사람이었다. 그는 언젠가 내게 말했었다. 자신이 기독교 신앙을 수용하지 않는 이유는 그 체계의 이념이 하나의 공동체를 지향하기 때문이라고. 그 역시 별수 없이 하나의 공동체를 설정하고 그 공동체에의 참여를 필연적으로 강조하기 때문이라고……. 역설적이게도 내가 그 말을 들은 것은, 집단에의 참여가 불가피한 병영 안에서였고, 그때 나는 군종병이었다. 여단 군종병이었던 나는 다른 사병들과 함께 내무반 생활을 했었다. 업무 시간에는 교회에 올라가 규목을 돕다가, 업무가 끝나면 내무반에 내려와서 본부 중대의 지휘를 받았던 것이다.

희규를 떠올릴 때마다, 이상하게도 도수 높은 안경을 끼고 바지 뒷주머니에 『타임』지 따위를 찔러 넣고 다니는, 공부밖에 모를 것 같은 수재의 영상이 그려진다. 이상하다고 하는 것은, 그런 모습의 그를 한 번도 본 적이 없기 때문이다. 안경을 끼긴 했지만 그렇게 심하게 눈이 나쁜 편은 아닌 것 같았고, 병영은 『타임』지 같은 걸 끼고 다닐 수 있는 곳도 아니었다. 막연하게나마 그가 입대하기 전의 모습을 내 나름대로 상상하고 있었던 것이 아닐까…….
기억이 난다. 그는 피부가 유난히 희고 부드러웠으며(그래서 그의 별명은 '우윳살'이었다) 말수가 적었다. 그는 내무반에서는 불필요한 말을 거의 한마디도 하지 않았다. 그런 만큼 동작도 굼뜨고 사근사근하지도 못했다. 그는 내가 보기에 군대 생활을 별로 잘해내지 못하고 있는 것 같았다.

어떤 집단이건 그 집단의 체질에 적응하지 못할 것 같은 인상을 주는 인물이 있게 마련인데, 문희규가 그랬다. 그는 우리가 속해 있던 그 경직된 집단 속으로 잘못 이입된 이단자란 선입견을 갖게 만드는 인물이었다. 그는 걸핏하면 야단을 맞고 주먹세례를 받았다. 그에게는 친하게 지내는 사람도 거의 없었다. 그와 가장 많은 대화를 나누었던 사람이 내가 아니었을까. 아마도 그럴 것이다. 나는 제법 오랫동안 그와 함께 교회에서 생활했었다.

그가 교회에 와서 나와 같이 지내게 된 내력을 드러내기 위해서는 그즈음 우리의 내무반에서 밤마다 벌어지던 이상한 의식에서

부터 이야기를 시작해야 한다. 나는 그것이 우리 내무반에서만 벌어진 특수한 의식이었다거나, 나만의 특별한 경험인 양 말하고 싶은 의향이 추호도 없다. 정도의 차이를 무시하고 말한다면, 군대라는 사회는 대부분 똑같은 일상이 반복되는 곳이고, 그렇기 때문에 그곳에서 이루어지는 아무리 특수한 경험도 사실은 누구나 겪게 마련인 보편 체험에 다름 아님을 알고 있다. 하지만, 경험을 하는 자에게는, 그 경험이 무엇이든 언제나 특별한 것이다. 왜냐하면, 경험이란 늘 어떤 의미를 포용한 채 기억되기 때문이다. 기억 속에서는 이제 의미가 경험을 불러낸다. 생각해 보라. 사내들의 그렇고 그런 군대 경험이나 여자들의 더욱 그렇고 그런 연애담들이 어째서 그렇게 반복적으로 말해지고 들려질 수 있는지. 그리고 그런 화제들이 어떠한 유인력으로 사람들을 묶어 주는지를……. 내가 이야기하려는 우리 내무반의 그 기이한 의식도 실은 그런 식으로 내 기억 속에서 의미화된 경험에 다름 아님을 이해해 주기 바란다.

2

밤마다 우리는 잠을 이루지 못했다. 점호가 끝나면 우리는 자신의 침구 속으로 잽싸게 기어 들어갔다. 그러나 우리는 곧바로 잠을 부를 수가 없었다. 잠 속으로 빠져 들기 전에 치르지 않으면 안될 행사가 있었다. 우리는 담요에 몸을 집어넣은 채로 무엇인가를 초조하게 기다리고 있었다. 그리고 우리의 그 기다림은 한 번도 배반당해 본 적이 없었다. 어김없이 우리가 기다리고 있는 현실이 우리를 찾아왔다.

"기상!"

그 소리는 매우 낮았고 또 짧았다. 그러나 우리는 그 소리를 놓치지 않았다. 놓치다니! 어떻게 놓칠 수가 있겠는가. 우리가 기다린 것이 바로 그 소리가 아니었는가. 때로는 아무 소리도 없이 우리의 몸을 일으켜 세우는 경우도 있었다. 가령 불침번이 우리 머리를 톡톡 두드리면 그것이 곧 일어나라는 신호였다. 그러면 우리는 벌떡 몸을 일으켜야 했던 것이다.

그리고 우리가 기다린 것은 무엇이었는가. 침상에 일으켜 세워진 우리는 태반이 욕설인 돼먹지 않은 훈계를 들어야 했고, 엎드려뻗치거나 원산폭격을 당해야 했고, 야삽이나 곡괭이 자루로 가해지는 구타를 감당해야 했다. 어이가 없지만, 그것이 우리가 기다린 것의 실체였다.

그 매일 밤의 행사에 무슨 특별한 이유나 동기가 있었는가를 묻는 것이야말로 어리석은 일이다. 어떤 이유나 동기가 문제 되기 위해서는 적어도 그 집단이 합리주의의 지배를 받고 있어야 한다는 전제를 필요로 한다. 이유나 동기를 묻는 일은 인과 관계에 대한 신뢰에서 비롯하기 때문이다. 모든 일들이 합리적인 법칙성의 지배를 받으며, 따라서 인과율에 의해 해석될 수 있으리라는 믿음……. 우리가 몸을 맡기고 있던 그 자리가 그러한 믿음을 담보하고 있는 집단이던가. 그처럼 합리적이고 합법칙적인?

그것은 악몽과 같았다. 우리는 하루도 거르지 않고 매일 밤 그 악몽을 견뎌 내야 했다. 일어나라고 하면 일어나고, 엎드려뻗치라고 하면 엎드려뻗치고, 기라고 하면 기어야 하는, 그 모든 일들의 근원에는 단지 힘이 있을 뿐이었다. 그리고 그 힘은 대부분의 경우 폭력으로 가시화되게 마련이었다. 대부분의 경우 우리는 우리의 육체와 정신에 가해지는 폭력을 통해서 힘을 인식하곤 하지 않던가.

그리하여 그 힘은 마침내 우리로 하여금 학대를 기다리게 만들었다. 그렇다. 이제 나는 말하고 말았다. 우리가 그때 진정으로 기다린 것은 '기상하라'는 고참병의 나지막한 명령이나, 원산폭격이나 엎드려뻗쳐나 야삽이 아니었다. 우리가 기다린 것은 복종이었고 학대였다. 내게 과장하는 버릇이 있는 것 같다고 말할 사람이 혹시 있을지 모르겠다. 아니다. 나는 지금 조금도 과장해서 말할 생각이 없다. 우리들이 그 이해할 수 없는 징벌을 치러 내지 않고는 결코 잠들 수 없었다는 말을 하면 조금 이해가 되겠는가. 간혹 가다가 점호가 끝나고 한참이 지나도록 우리를 깨우지 않는 경우가 있었다. 그럴 때, 우리들은 밤이 새도록 잠을 이룰 수가 없었다. 우리는 어서 빨리 징벌이 찾아오기를 간절하게 소망하고 있기까지 했다.

어서 빨리 우리를 일으켜 세우라. 우리를 엎드려뻗치게 하고 어서 난폭하게 다루라. 우리는 잠들지 않았다. 우리는 준비가 되어 있다. 잠들지 않은 채 형벌의 채찍을 기다리고 있다. 우리의 근육이 몽둥이를 부르고 있다. 우리의 정신이 고문을 기다리고 있다…….

피곤한 육신은 간절하게 휴식을 갈망하고 있었음에도 불구하고, 우리는 결코 쉽게 잠의 집으로 들어갈 수 없었다. 혹시 옅은 잠 속으로 발을 들여놓았다가도 "기상!"이라고 말하는 나지막한 소리에 벌떡 몸을 일으켜 세우곤 했다. 한바탕의 폭력이 휩쓸고 지나가기 전에는 누구도 평안을 누릴 수가 없었던 것이다. 그렇기 때문에 우리는 조금이라도 빨리 고통을 당하고 편안하게 잠들 수 있게 되기를 간절하게 소망했다. 난폭한 폭풍이 한바탕 휩쓸고 지나간 다음에야 비로소 편안해질 수 있고, 그때에야 마음 놓고 잠을 청할 수가 있다는 사실을 알고 있었기 때문이다. 우리는 자기도 모르는 사이에 길들여져 있었던 것이다.

3

어떤 날 저녁에, 여느 날과 마찬가지로 점호를 끝낸 우리는 침구 속으로 몸을 집어넣었다. 그러고는 언제나 그런 것처럼 초조하게 기다리고 있었다. 그날따라 몸이 유난히 피곤했다. 화기 측정이 있었는데, 성적들이 워낙 저조하게 나오는 바람에 오후 내내 자갈밭을 기어다니고 뒹굴고 했던 터였다. 물먹은 솜덩이 같은 몸

의 이곳저곳이 심하게 얻어터진 것처럼 쑤시고 아팠다. 그렇다고
해서 그 의식이 생략되리라는 희망은 우리들 중 누구도 갖고 있지
않았다. 생략되다니! 낮 시간의 일까지 가세하여 사태가 더욱 나
쁠 것이었다. 우리는 기다리고 있었다. 기상! 하고 우리를 깨워 주
기를…….

그런데, 어쩐 일일까. 기다려도 아무런 명령도 떨어지지 않는
것이었다. 우리에게는 아무런 권리가 없었다. 우리에게는 오직 기
다림의 의무만이 주어져 있을 뿐이었다. 따라서 우리는 어서 빨리
시작하라고, 어서 일으켜 세워서 야삽으로 때리든지 원산폭격을
시키든지 알아서 하라고 요구할 수가 없었다. 그것은 우리의 권한
밖이었다. 우리의 시간조차도 우리의 것이 아닌 상황이었다. 우리
는 초조하고 불안했다. 그 상황에서 우리가 할 수 있는 유일한 반
응이란 그저 속절없이 초조해하고 불안해하며 기다리는 것뿐이
었다.

잠을 잔다는 것은 더욱 우리가 가지고 있는 선택의 항목일 수
없었다. 물론 개중에는 피곤을 견디지 못하고 얼핏 옅은 잠 속으
로 빨려 들어간 친구도 없지는 않았다. 그러나 그 경우의 잠이란
발목조차 적실 수 없을 정도로 얕은 것이었다. 아주 미세한 음성
에도 얼마든지 몸을 일으켜 세울 준비를 하고 있는, 그것은 차라
리 초조와 불안의 연장에 다름 아니었다.

매우 많은 시간이 흘렀다. 우리의 기다림은 아직 실현되지 않고

있었다. 일어나라는 소리도 들리지 않았고, 불침번이 우리의 머리를 톡톡 두드리지도 않았다.

그사이에 외곽 보초 근무를 나갔던 한 팀이 들어오고, 새로운 팀이 부스스 일어나 복장을 챙겨 가지고 밖으로 나갔다. 그뿐이었다. 우리는 여전히 극도의 불안 속에 빠져 기다리고 있었다. 이 상황을 빠져나가는 보초 근무자를 우리는 진정으로 부러워했다. 예상된 형벌에 대한 두려움 때문이 아니었다. 보초 근무자에 대한 우리의 부러움은 그들이 원산폭격이나 곡괭이 자루 따위를 피할 수 있게 되었다는 행운에 대한 것이 아니라 극도의 불안과 초조로부터 자유로워진 데 대한 것이었다.

길들여진 자를 내버려 두는 것, 그것이야말로 가장 무서운 형벌일 것이다. 그 형벌의 감옥은 불안이다. 불안의 감옥에 갇힌 수인은 간절하게 고통을 기다린다. 불안에 갇힌 자에게는 고통이 곧 구원인 것이다.

조금 더 시간이 흘렀다. 우리는 거의 미칠 것 같았다. 담요를 뒤집어쓰고 잠을 연기(演技)하고 있는 우리들 중 오늘 밤은 아무 일도 일어나지 않고 그냥 지나가 주리라고 생각한 사람은 아무도 없었다.

"기상!"

마침내 기다리던 구원이 왔다. 우리는 지체 없이 몸을 일으켜 세웠다. 너무나 나직한 목소리였음에도 불구하고 벌떡 일어설 수 있었던 것은 우리가 간절하게 그 명령을 기다리고 있었기 때문이다. 우리는 침상 끝에 발끝을 맞추고 부동자세로 섰다.

"기상!"

우리는 귀를 의심했다. 한 번 더 그 소리가 들린 것은 참으로 이례적인 경우였다. 언제나 한 번으로 끝이었고, 또 그것으로 충분했었다. 예상하지 못한 사태는 우리를 불안하게 한다. 우리는 몸은 움직이지 않은 채 눈만을 굴려서 침상 위를 살폈다.

아, 저럴 수가! 우리는 너무나 놀랐지만 어찌해야 좋을지 알 수 없었기 때문에 뻣뻣하게 서 있기만 했다. 그 순간에 우리가 본 것은 침상 위에 그때까지도 버젓이 눕혀져 있는 머리통이었다. 그것은 참으로 뜻밖의 일이었다. 누군가 일어나지를 않아 버린 것이다! 우리는 갑작스럽게 한기를 느꼈다. 몸이 부들부들 떨려 왔다.

그가 누구인지를 알아차리는 것은 그리 어려운 일이 아니었다. 그는 우리 내무반에서 군번이 가장 느린 졸병이었다. 계급은 이병이었고, 이름은 문희규였다.

그와 가장 가까운 곳에 있던 동료가—김씨 성을 가지고 있었고, 당시의 계급은 일병이었던 것으로 기억되는—몸을 구부려 희규를 깨우려고 했다. 그러나 그의 시도는 허락되지 않았다.

"이 새끼, 똑바로 못 서 있어? 누구 멋대로 움직여, 이 새꺄."

욕설과 함께 주먹이 날아와 김 일병의 가슴을 쳐 버린 것이다. 윽, 소리를 내며 그는 가슴을 싸쥐었다.

"어쭈, 이 싸가지 없는 새끼, 색 쓰는 것 좀 보라지. 지금 니 여자 배 위에라도 올라타 있는 줄 아냐."

다시 한 번, 이번에는 발길이 날아들었다. 김 일병은 고통으로 얼굴을 찡그리면서도 부동자세를 취하려고 애쓰고 있었다. 우리의 관심은 당연히 문희규에게 쏠려 있었다. 그가 일어나야 했다. 그런데, 그런 소란 속에서도 문희규는 여전히 일어나지 않는 것이었다. 이럴 수가……. 그렇게 깊이 잠이 들어 버렸단 말인가. 우리는 안타깝고 초조했다. 우리들의 속은 바짝바짝 타들어 가고 있었다. 우리는 속으로 애원하고 있었다.

인마, 빨리 일어나라. 너 때문에 무슨 벼락이 떨어질지 모른다. 어서, 빨리 일어나라. 이 자식아…….

그러나 어이없는 것은 또 고참들의 태도였다. 그들은 침상에 그대로 누워 있는 이등병은 깨울 생각도 하지 않고 있었다. 김 일병과 우리들에 대해서만 트집을 잡고 늘어지는 것이었다.

"대답도 안 해? 고참 말이 말 같지 않다 그거지?"

"아닙니다."

"그럼? 왜 대답을 안 해?"

"하, 하겠습니다. 색 쓰는 거 아닙니다."

고통을 참느라 일그러진 김 일병의 입에서 일그러진 말들이 힘겹게 튀어나오고 있었다.

"지랄하고 자빠졌네. 개새끼, 심어. 다들 심어, 이 새끼들아. 너희들이 얼마나 빠졌으면 군번에 잉크 자국도 아직 안 마른 새파란 이등병이 저렇게 태평하게 누워 잠을 잘 생각을 하겠냐. 고참이 기상하라고 하는데도, 도대체 말 같지가 않다는 거지. 이 쌍놈의 새끼들. 오늘 맛 좀 봐라. 군대가 어떤 데라는 걸 알게 해줄 테다. 다리를 관물대 상단에 올린다, 실시. 똑바로 안 해?"

우리는 머리를 침상에 박은 채 다리를 관물대에 올렸다. 곧 머리가 딱딱해져 오고 허리가 쪼개질 것처럼 아파 올 것이었다. 고통을 참아 내지 못한 누군가가 먼저 다리를 침상 위로 떨어뜨릴 것이고, 그러면 야전삽이 사정없이 그의 엉덩이를 가격할 것이었다……. 그런데도, 참으로 어이없다. 문희규는 대체 어떻게 된 것인가…… 놈은 그때까지도 일어날 생각을 않고 있었다.

도대체 녀석은 어떻게 된 것인가. 이 난리통 속에서 여태 잠을 자고 있단 말인가. 잠을? 아니면, 어떻게 잘못되어 숨이 끊어지기라도 했단 말인가. 우리는 끙끙 앓으면서도 속으로는 희규를 몹시 궁금해하고 있었다.

야전삽이 엉덩이에 수도 없이 떨어졌다. 쓰러졌다가 일어나기를 반복하며 버텨 내고는 있었지만, 거의 모든 힘이 탈진된 상태였다. 그 어느 때보다 그 밤의 기합은 혹독했다. 우리는 거의 정신을 잃어버릴 지경이었다. 동료들이 그처럼 참아 낼 수 없는 고통을 당하고 있는 바로 그 자리에서 끄떡도 않고 누워 있는 문희규의 존재는 그대로 놀라움이었다. 아니, 두려움이었다.

추측건대 그 기합은 그가 몸을 일으켜 세우기까지는 계속될 모양이었다. 고참들은 몹시 화가 나 있었다. 이쯤 되면 무슨 사정이 있든 일어나고 봐야 한다고 생각하고 있을 것이었다. 우리도 그렇게 생각하기는 마찬가지였다. 그러나 그는 우리들의 기대를 무참히 짓밟아 버렸다.

그 순간에, 우리들 중에 어떤 사람—예컨대 나와 같은—의 마음속으로 엉뚱한 희망이 치솟기 시작했다. 문희규를 원망하는 대신에 오히려 그가 끝까지 버텨 주기를 바라는 마음을 품게 된 것이 그것이었다. 기묘한 변화였다. 말하자면, 나는 희규의, 영문을 알 수 없는 행동을 작위가 개입된 하나의 싸움으로 해석하기 시작한 것이다. 그리하여 나는 이 고통을 견뎌 냄으로써 그의 외로운 싸움을 도와야 한다고 생각했다. 사실이야 어떻든 그런 생각들을 하고 있었다. 우리가 힘에 부쳐 하면 그가 전의를 상실하고 그만 백기를 들어 버릴지도 모른다는 근거 없는 우려까지 하면서, 필사적으로 버텨 내고 있었다.

우리들에게 혹독한 고통을 가하면서도, 시간이 흐를수록 희규 쪽을 힐끔거리며 초조해하는 폼이 고통을 가하는 자들 역시 희규의 무서운 전의에 새삼 기가 꺾인다는 표시일까……. 그들 역시 그 상황이 하나의 싸움임을 의식하기 시작한 것일까. 그래서 은근히 불안을 느끼게 된 것일까. 그게 아니더라도, 우리나 그들이나 희규의 예외적인 행동의 의미를 몹시 궁금해하고 있었던 것만은 숨길 수 없는 사실이었다.

　그처럼 복잡한 감정이 내무반을 뒤흔들고 있었다. 도대체 우리가 이런 답답한 상태의 지속을 바라는지 어떤지조차 분명하게 알 수 없는 상황이었다. 우리들 마음의 한쪽에서는 이 싸움의 끝까지가 보자고 조르고 있었고, 또 다른 쪽에서는 그만 사태의 종결을 보고 싶다고 속삭이기도 했다.

　언제나 어떤 상황의 전환을 가능하게 하는 계기는 엉뚱한 곳으로부터 온다. 어떠한 상황을 결정적으로 뒤바꿔 놓을 수 있는 영향력은 언제나 밖에서 들어온다. 우리들의 기묘하고 종잡을 수 없는 대치는 주번 사관이 다음 근무자를 준비시키기 위해 내무반으로 들어올 때까지 지속되었다. 그의 개입으로 일단 하나의 상황은 종결된 셈이었다. 하지만, 그것이 끝은 아니었다. 하나의 상황은 언제나 다른 상황을 호출하는 법이다.

4

　어떤 재난이 예상될 때 사람들은 몸을 떤다. 몸만 떠는 것이 아니라 몸속의 정신도 또한 떤다. 몸은, 정신의 시킴을 받지 않고는 아무 일도 하지 않는다. 떠는 것은 불안의 표시이고, 또 동시에 재난을 맞아들이려는 준비이기도 하다. 불안에 떫으로써 우리의 정신은 재난을 받아들일 의식을 갖춘다. 그러나 재난에 대한 불안이 극에 달하게 되면, 사람들은 종종 엉뚱한 반응을 보이기도 한다.

자신에 대한 통제력을 잃어버리는 것은 아주 흔한 일이고, 가장 먼저 찾아오는 일이다. 그다음은 몸도 정신도 제멋대로이다.

나는 지금 희규에 대한 기억을 더듬고 있다. 그날 밤, 희규의 그 불가사의한 행동은 무엇이었을까……. 무엇이 그로 하여금 그런 무모한 행동을 하게 했을까. 나는 그때까지 그의 인물 됨에 대하여 전혀 아는 바가 없었다. 내무반 생활을 하면서 자꾸만 삐걱거린다 싶긴 했지만, 그것을 이상하게 볼 수는 없었다. 삐걱거리지 않고 군대 생활을 매끄럽게 잘해 내는 자들에 대해 오히려 혐오감을 가지고 있던 내게 갓 입대한 이등병의 삐걱거림이야 너무나 당연하게 여겨졌었다.

공교롭게도 보초 교대를 나가야 할 사람이 나와 문희규였다. 주번 사관의 개입으로 하나의 상황을 종결지은 내무반원들은 모두들 침상에 앉은 채 나와 희규를 주시하고 있었다. 그들의 눈빛에는 육체의 피곤에도 불구하고 날카롭게 벼려진 호기심이 번득이고 있었다. 나는 그들의 시선을 받으며 침상 밖으로 내려와 희규가 덮고 있던 담요를 젖혔다. 그러고는 그의 이름을 부르면서 상체를 잡아 일으켰다. 그때 나의 손에 전해지던 그 끈적끈적하고 후끈후끈한 습기—그것은 땀이었다. 그 역시 우리가 그런 것처럼 땀을 비 오듯 흘리고 있었더란 말인가. 다른 사람들은 어땠는지 모르지만, 나는 이상스럽게도 그 사실이 실망스러웠다. 그새 내가 그에게 기대한 것이 무엇이었던가를 나는 잠시 생각했다.

그는 마침내 일어섰고, 나는 또 보았다. 그의 바짓가랑이를 적시며 뚝뚝 떨어져 내리는 물줄기…… 그것은 그의 방광에서 요도를 거쳐 흘러내린 배설물일 것이었다. 엉거주춤 일어서 있는 그의 모습은 마치 혼이 달아나 버린 송장처럼 보였다. 그 역시 우리와 마찬가지로, 아니 우리보다 훨씬 심한 고통을 당하고 있었던 것임을 눈치 채기는 조금도 어렵지 않았다. 그렇다면, 그는 왜 그 편을 택했던 것일까. 왜 몸을 일으켜 세워 버리지 않고, 그보다 더 고통스러운 쪽에 몸과 정신을 맡겨 두고 있었던 것일까…….

대공 초소의 보초 근무를 서면서도 그는 거의 정신이 빠져 달아나 버린 사람 꼴을 하고 있었다. 나는 조심스럽게 어떻게 된 일이냐고 물었다. 무슨 일이 있었는가, 왜 일어나지 않았는가, 일어나라는 소리를 듣지 못했는가…….

그는 일어나라는 소리를 듣지 못한 것이 아니라고 말했다. 그러면 왜? 하고 나는 다시 물었다. 모르겠다고 대답하며, 그는 고개를 저었다. 그러고는 잠시 사이를 두었다가, 일어나지 말라고 누군가의 손이 밑에서 자신의 몸을 잡아끌었다고 그는 대답했다. 잠에 취해 있었던 모양이라고 나는 말했다. 그는 그랬을지 모른다고 말한 다음, 곧 자신의 말을 부인했다.

"정신이 또렷또렷했어요. 다 듣고 있었어요. 듣기만 한 것이 아니라 보기까지 했어요……."

내무반 사람늘이 수난을 당하는 그 난장판에도 불구하고 마지막까지 일어나지 않은 이유를 알아들을 수 있도록 설명해 볼 수 있겠느냐고 물었을 때, 나는 어떤 대답을 기대하고 있었던 것일까. 질문을 던지는 자는, 누구나 자신의 질문 속에 대답을 암시하고 있게 마련이라고 해 두자. 숨길 생각이 없다. 나는 그에게서 우리의 굴욕에 대한 무서운 매도를 기대했다.

"그건…… 나도 잘 이해할 수 없는 충동이었어요…… 사실은 나 역시 기다리고 있었지요. 그런데 아무리 기다려도 명령은 떨어지지 않았어요. 초조와 긴장이 시간을 붙들고 있었지요…… 그런 어느 한순간에 문득 이게 무슨 짓인가 하는 의문이 치솟는 것이었습니다. 아, 물론 그런 의문이 그때만 떠올랐던 건 아니었어요. 나는 입대 이후 단 한순간도 이 집단의 비인간성에 대한 회의를 그쳐 본 적이 없었으니까요. 하지만, 이번의 경우는 한층 더 구체적이었고, 뭐랄까, 훨씬 적극적이었고, 또 체계적이었습니다. 그때 내가 맨 처음에 떠올린 단어는, 마조히즘이란 것이었지요. 내가 진정으로 기다리고 있는 것의 실체가 무엇인가를 깨달았을 때, 나는 내 정신의 외설을 목도한 기분이 들었습니다. 그것은 참으로 처참한 기분이었습니다. 내 정신이 갈기갈기 찢기는 듯한…… 그건 충동이었어요. 나는…… 충동적으로 거부했던 겁니다. 내가 그 순간에 거부한 것은 고참병의 명령이 아니라 나 자신이 빠져 들고 있는 정신의 외설이었던 거예요……. 나는 일어날 수 없었습니다. 이해하시겠습니까. 허 상병님!"

그의 목소리는 떨고 있었다. 무엇을 향해 떠는 것일까. 나는 그의 목소리를 떨게 한 것이 두려움인지, 분노인지, 아니면 불안인지 헤아릴 수 없었다. 나는 아무 말도 하지 않았다. 그리고 나는 더 이상 아무것도 묻지 않았다. 그런데도, 그는 더 할 말이 있었던가. 잠시 사이를 두었다가 그는 다시 말을 이었다.

"하지만, 수도 없이 일어서려고 했지요. 구타와 신음 소리를 들으면서 바로 그 옆에 누워 있어야 한다는 것은, 정말이지 참아 내기 힘든 고문이었습니다. 차라리 일어나 버리자고 나는 몇 번이나 마음을 먹었는지 모릅니다. 그러나 그럴 수가 없었어요. 나는, 그럴 수가 없었습니다. 내 속에서 무엇인가가 못 일어나게 잡아끌었던 겁니다……."

쥐 새끼가 갉아먹고 버린 사과처럼 생긴 달이 구름 속을 오락가락하고 있었다. 바람이 히잉, 말 울음소리를 내며 산마루를 넘어갔다. 나는 걷잡을 수 없는 피로를 느꼈다. 몸뚱어리 전체가 모조리 망가져 버린 것 같았다. 잠이 우박처럼 쏟아져 내릴 기세를 취하고 있었다. 나는 우박처럼 잠이 쏟아진다면 기꺼이 수용할 심산이었다. 가끔씩 순찰을 돌긴 했지만, 순찰이 무서워서 잠을 보충하지 못한다는 것은 터무니없는 손해라고 생각하고 있었다. 더욱이 보초 근무 중에 짧게나마 수면을 취하는 것은 자기보다 계급이 낮은 병사와 보초 근무를 서는 자에게 부여된 특권이랄 수 있었다. 나는 초소 안으로 들어가 철모를 깔고 앉아 버렸다.

"내가 마지막까지 몸을 일으키지 않은 것은 나의 승리였을까요? 허 상병님은 그렇게 생각하시나요? 마지막까지 투항에의 유혹을 참고 견딘 것이라고?······ 정말로 그렇게 생각하세요······?"

아직도 그는 할 말이 남아 있는 것일까. 그는 여느 때와는 달라보였다. 나는 그런 그에게서 심상치 않은 기운을 느꼈어야 했다. 그러나 나는 그때 너무나 피곤한 육신의 요구에 굴복하느라 아무 것에도 더 관심을 기울이지 못했다.

"글쎄······."

나는 무기력하게 중얼거렸다. 금방이라도 잠이 쏟아질 것 같았다.

"그렇다면, 내가 흘린 그 엄청난 땀과 또, 보았지요, 그 부끄러운 오줌은 무엇일까요? 그것들이 전리품일 수 있을까요?"

"글쎄······."

나는 다시 무기력하게 대답했다. 어디선가 날짐승이 울었다. 부엉이일까. 청승맞게도 운다고 생각하면서 나는 그대로 눈을 감았다. 바람이 불었고, 바람에 묻어서 희규의 목소리가 다시 들려왔다.

"난······ 이제 어떻게 될까요? 고참들이 가만 놔두질 않겠지요? 그렇지 않아요? 아, 달빛이 지랄같이 음습하네요······."

잠을 잤던가. 아주 조금 그랬을 것이다. 그리고 그러지 말았어야 했을 것이다. 나를 깨운 것은 두 발의 총소리였다. 눈을 뜨고서도 처음에 나는 그것이 무슨 소리인지를 얼른 분별하지 못했었다.

그 소리의 정체를 알아차렸을 때 나는 당황했다. 그것은 총소리였고, 아주 가까운 곳에서 들려왔다. 아차, 싶었다. 다음 순간 무서운 생각이 왈칵 치솟았다.

나는 총을 거머쥐고 초소 밖으로 뛰어나갔다. 달이 엷은 구름 속으로 막 유영해 들어가고 있는 중이었고, 어디서인가 날짐승이 푸드덕 소리를 내며 하늘로 날아오르고 있었다. 희규는 초소 벽에 몸을 기댄 채 축 늘어져 있었다. 나는 겁에 질려서 그의 이름을 불렀다.

"문 이병, 문희규, 어떻게 된 거야."

나는 그의 팔을 붙들었다. 그의 몸이 덜덜 떨리고 있었다. 나는 그의 얼굴을 세차게 때렸다. 그러자 그는 나의 팔에서 스르르 미끄러져 내리더니 그대로 바닥에 쓰러져 버렸다.

"총을 왜 쏴, 인마. 어디다 대고 총을 쏴, 이 자식아."

나는 그의 멱살을 잡아 흔들며 소리쳤다. 더럽게 재수가 없는 날이라는 불평이 저절로 터져 나왔다. 하지만 불평만을 늘어놓고 있을 계제가 아니었다. 나는 그의 몸의 이곳저곳을 만져 보았다. 그의 몸의 어느 곳에서도 피는 묻어나지 않고 있었다. 자신의 몸에다 총구를 대고 방아쇠를 당긴 건 아닌 모양이었다. 나는 안도의 한숨을 내쉬었다.

그 순간에 초소 안에 설치된 인터폰이 요란하게 울렸다. 나는 인터폰을 집어 들었다. 인터폰을 귀에 대자마자 상황 장교의 거친 목소리가 다급하게 튀어나왔다. 대공, 대공, 무슨 일이야. 상황이 발생했나? 근무자, 근무자, 너, 누구야. 무슨 총소린가…….

"오인 사격입니다. 상황은 발생하지 않았습니다. 산짐승을 잘못 보고 방아쇠를 당겼습니다. 죄송합니다."

나는 급히 둘러대면서 문희규 쪽을 보았다. 그는 바닥에 드러누운 채 미동도 보이지 않고 있었다. 어둠 속에서 그 모습은 엉뚱하게도 차라리 행복해 보였다. 그런데도 나는 앞이 캄캄해져 오는 걸 느꼈다. 인터폰 속에서 상황 장교가 펄쩍펄쩍 뛰고 있었다.

"이 쌍놈의 새끼, 너 거기서 꼼짝 말고 기다려."

5

대공 초소 쪽으로 접근하는 정체불명의 움직임을 감지했으며, 문 이병의 사격은 수하에 응하지 않는 그 움직임을 향한 정당한 대응이었다는 나의 변명은 당사자인 문희규에 의해 부인되었다. 그는 그것이 사실이 아니라고 말했다. 사실은, 하고 그는 여전히 더듬거리며 말했다.

"사실은…… 달빛 때문입니다. 하늘을 쳐다보고 있었는데, 반쪽 뿐인 달은, 구름 속으로 오락가락하며 하늘을 떠돌아다니고 있었습니다. 바람이 불었고, 그때마다 달은 부엉이 울음소리를 냈습니다. 그 교교하고 을씨년스러운 분위기를 도저히 참아 낼 수가 없었습니다. 미칠 것 같은 심정이었습니다. 나는, 충동적으로 달

빛을 향해 방아쇠를 당겼습니다…….”

그는 카뮈의 인물을 흉내 내고 싶어 한 것일까. 태양 대신에 그는 달빛 때문이라고 말했다.

구름 사이로 비껴 떨어지는 선정적인 달빛이 경계 근무 중인 오지의 한 병사로 하여금 방아쇠를 당기고 싶다는 유혹을 품게 할 수 있을 것이다. 실제로 나 역시 그러한 유혹을 받은 저이 있었다. 그때 나는 그 충동이 너무 구체적이고 육체적이기까지 해서 차라리 성욕을 닮아 있다고 느꼈었다. 하지만 그의 '달빛……' 운운하는 고백이 그의 신상에 대한 결정권을 가지고 있는 상관들의 이해까지 확보하리라고 기대할 수는 없었다. 그들에게 카뮈를 읽힌다는 것은, 그들이 뫼르소를 이해하기 바란다는 것은, 하나의 혁명일지 모른다. 언제나 불가능한 꿈속의 혁명…….

뫼르소를 흉내 내던 문희규가 다시 달빛 책임론을 번복하고 횡설수설하기 시작하자 그들은 이 사병의 정신 상태를 심각하게 의심하기로 했다.

"아니요. 달빛이 아니에요…… 명회가 나를 찾아왔어요. 명회의 슬픈 혼을 향해 나는 총을 쏘았던 것입니다. 그의 혼이…… 내 머리 위에서 한없이 슬프고 처절하게 울고 있었어요. 그 울음을…… 그 한스러운 울음을…… 나는 견딜 수가 없었어요. 부엉, 부엉, 부엉……."

의무관이 결정적으로 문희규의 정신이 건강하지 않음을 증거했다. 그는 곧 의무대로 보내졌고, 나는 군장을 메고 하루 종일 연병장을 돌아야 했다.

6

폭군들의 심연에 사랑에 대한 갈망이 자리 잡고 있다면 믿을 수 있겠는가. 어떻게 그럴 수 있단 말인가. 내게 있어서 사랑이란 폭력이 부재하는 관계를 의미한다. 반면에 폭력이란 압제하는 힘이며, 사랑이 제거된 상태를 가리킨다. 폭력에는 이미 관계가 없다. 관계의 포기, 그것이 폭력인 것이다. 그런데, 어떻게 폭력 행사자에게 사랑에 대한 갈망을 인정해 줄 수 있단 말인가.

그러나 어떤 사람에게는 사랑에 대한 욕구를 충족시키기 위한 왜곡된 방법이 폭력일 수도 있다는 생각을 이제 나는 하지 않을 수 없다. 폭력이 사랑을 산출하는 일이 가능한 것처럼(권력자들은 누구나 할 것 없이 유형무형의 폭력을 통해 자신들에 대한 사랑을 확보한다고 말할 수 있다. 내 말을 들으면 사랑받을 것이고, 내 말을 듣지 않으면 사랑받지 못할 것이라는 유서 깊은 종교적 협박이 효과적인 이유를 생각해 보라. 또 대중으로부터 열광적인 사랑과 존경을 받는 독재자들의 수수께끼를 생각해 보라) 사랑이 폭력을 산출하는 일 또한 가능한 것 같다.

점심 식사가 끝난 후 교회에 나타난 사람은 장 병장이었다. 장 병장은 우리 내무반에 그 무지막지한 공포 분위기를 몰고 들어온 폭군 가운데 한 사람이었다. 이렇게 말하는 것은 정확한 진술이 못 될지 모른다. 나는 그와 같은 분위기의 원인을 한 개인의 성격에서 찾을 수 있다고 생각하지 않기 때문이다. 그것은 그 집단의 생리가 만들어 낸 어쩔 수 없는 분위기일 것이다. 요컨대 장 병장이 아니라면 또 누군가가 그 악역을 맡아 했을 것이다. 집단의 무의식적인 욕구가 폭군을 만들어 낸다고 나는 믿고 있는 편이다.

우리들의 폭군인 장 병장이 교회로 찾아왔을 때, 나는 예배실의

긴 의자에 누워 있었다. 마침 군목은 훈련 중인 부대를 방문하겠다며 오토바이 뒤에 산도 박스와 빵 봉지를 싣고 떠나고 없었다. 군목이 특별한 임무를 부여하지 않고 교회를 비우면 내게는 비교적 자유로운 시간이 주어지게 마련이었다. 그 시간에 나는 책을 읽기도 하고, 교회 앞의 화단을 정리하기도 하고, 모자라는 잠을 보충하기 위해 의자에 쓰러지기도 했다. 아마도 그때 나는 잠을 잘 생각은 없었던 것 같다. 그저 좀 피곤한 몸을 쉬기 위해 누웠을 뿐이었다.

나는 예배실 앞쪽의 의자에 누워 있었는데, 누군가가 아주 조심스럽게 예배실의 문을 열고 들어와서 맨 뒷자리에 앉는 기척이 들렸다. 나는 귀를 기울였지만, 뒤쪽에서는 한동안 아무 소리도 들려오지 않았다. 나는 그대로 누운 채로 가만히 있었다.

어느 정도 시간이 흐르고 나서 웅얼거리는 소리가 들려왔다. 그것은 기도하는 소리였다. 누군가 기도를 하고 있었다. 웬만큼 기독교적인 분위기에 익숙한 사람이면 기도 소리를 듣는 것만으로 그 사람의 신앙 정도를 어느 정도는 짐작할 수 있게 된다. 예컨대 그 사람이 기도를 자주 하는 사람인지 그렇지 않은 사람인지를 눈치 챌 수 있는 것이다. 내 귀에 그 기도 소리는 상당히 능숙하게 들렸다. 하지만 그 목소리의 주인을 얼른 떠올릴 수가 없었다. 나는 그 기도의 주인공이 누구인지 알고 싶어졌다. 그래서 살짝 고개를 들고 쳐다보았다. 처음에 나는 그가 누구인지를 알지 못했다. 그가 교회에 자주 나오는 사람이 아닌 때문도 있었지만 설마 그 사람이리라고 생각할 수 없는 탓이 더 컸다. 장 병장이 기독교 신자였던가. 내게는 그 사실부터가 의아스러웠다.

　나는 움직일 수 없었다. 그저 의자 위에 길게 누운 채로 장 병장의 기도 소리를 엿듣고 있었다. 기도의 내용을 정확히 알아듣기는 힘이 들었다. 그 가운데서 내가 비교적 또렷하게 채집할 수 있었던 그의 기도 말은, 어이없게도 사랑과 관련된 것이었다. 그는 사랑을 갈구하고 있었다. 사랑하기를 원합니다. 무엇보다도 사랑받기를 원합니다. 사랑하게 해 주십시오. 무엇보다도 사랑받게 해 주십시오. 나는 사람들을 사랑하고 싶습니다. 사람들로부터 사랑받고 싶습니다…….

　그 기묘한 기도는 내 귓속으로 독약처럼 부어졌다. 나는 아찔한 현기증을 느꼈다. 내 아찔한 머릿속으로 사랑을 위해 사랑하는 사람을 학대하는 변태 성욕자의 환영이 스쳐 갔다. 애인의 등짝에 뱀처럼 푸른 줄이 서도록 허리띠를 휘둘러 대면서 사랑해, 사랑해, 하고 속삭이는 사람들의 내면에 들어 있는 욕망은 무엇일까…….이것저것 약속하면서, 나를 따르라고, 내게 복종하라고, 그렇지 않으면 재미없을 것이라고 협박하는 지도자의 가슴속에는 또 무엇이 들어 있을까? 그것은 폭군일까, 사랑일까……. 폭군이면서 또한 사랑일 것이다. 폭군이고, 그것이 곧 사랑일 것이다. 그들 또한, 아니 그들은 더욱 간절하게 사랑을 탐하고 있는 것이 아닌가.

그들 또한, 아니, 그들은 더욱 인간인 것이다…….

장 병장에게 무엇을 기대하랴. 그는 그날 밤에도 내무반 사람들을 기상시켰고, 원산폭격을 시켰다. 그것은 전혀 이상한 일이 아니었다.

문희규의 일이 있고 나서 내무반의 공기는 한층 나빠져 있었다. 아무도 문희규에 대한 이야기를 공개적으로 하려 하지 않았다. 문희규를 상기하는 일은 어차피 우리들 자신의 치부를 드러내고 바라보는 일일 터인데, 우리들 가운데 누구도 자신들의 치부를 찬찬히 들여다보고 싶어하는 사람은 없었던 것이다. 문희규는 우리들 사이에서 의도적으로 잊힌 자가 되어 가고 있었다. 우리는 되도록 조심성 있게 말했고, 내무반의 기류에 편승하여 할 수 있는 한 최대로 비굴하게 행동했다.

"이 새끼들아, 빠져도 한참 빠졌어. 도대체 고참 무서운 줄을 몰라. 조금만 풀어 주면 고참을 올라타려고 그래. 이것들은, 그저 마구 쥐어박고 억눌러야지, 그렇지 않고, 가령 부드럽게 대해 준다든지 조금만 친절을 보이면 고참이 힘이 없어서 그런 줄 안다니까. 어떻게 된 새끼들이 얻어터져야만 말을 들어? 그게 더 좋아? ……자식들, 내가 다 안다. 너희들은 얻어맞는 편이 차라리 편하지? 육체적으로 조금 괴로워도 말이야. 졸병 때는 나도 그랬어. 자식들아……."

장 병장이 그렇게 말할 때, 그의 말들은 적어도 내게는 더 이상 우리들의 길들여진 의식을 비난하는 것으로만 들려지는 않았다. 평상시와 특별하게 달라진 말이 아니었다. 거의 언제나 그는 그런 식으로 말했다. 그런데도 나는 그의 말들을 다르게 듣고 있었다. 대부분의 경우에 있어 구별화를 가능하게 하는 것은, 아마도 선입 견일 것이다. 내용이 아니라 그 내용을 형성하고 있는 조건이나 분위기……

나는 그의 말들을 폭군의 세련되지 못한 구애로 이해했다.

세련되지 못하기는 폭군에 대한 대중들의 구애 역시 마찬가지 일 터였다. 보라, 대중들은 기꺼이 자유로운 개인이기를 포기하고, 힘을 향해 경배함으로써 힘의 사랑을 획득하려고 하지 않는가. 자아를 버려 가면서까지, 지배받고 억눌리면서까지, 힘을 숭배하려 드는 사연을 설명하기 위해, 사랑이 아닌 다른 길을 찾기란 결코 쉬운 일이 아닐 것이다. 더욱 우리들의 자리는 정상적인 사랑이 주고받아질 수 있는 장소가 아니었다. 사랑은 이미 왜곡되어 있고, 순결을 상실한 다음이었다. 하지만, 정상적인 사랑이라는 것이 무슨 의미를 지니는 것일까. 사랑은 그저 사랑인 것이다. 왜곡되었건, 순결을 잃었건, 사랑은 단지 사랑으로 그만인 것이다. 정상을 묻고 순결을 따지는 사랑은 얼마나 이상스럽고 불순하기까지 한지.

내무반 분위기가 험악한 때일수록 고참들의 비위를 잘 맞추어야 한다는 생각쯤은 군대 생활을 조금만 한 사람이면 누구나 금방

터득하게 되어 있었다. 내무반원들은 울타리를 빠져나가 구멍가게에서 연명으로 이름들을 달고 소주와 닭튀김을 사 날라 왔다. 거의 매일 저녁마다 그랬다. 그리고 또 매일 밤마다 우리는 우리들의 기묘한 의식을 기다리며 잠을 설치고 있었다. 힘을 가진 자에게 복종하는 것은 더 이상 수치가 아니었다. 그와 같은 의식과 행위를 정당화시켜 준 것은, 우리가 공식화했든 그렇지 않았든, 의식하고 있었든 그렇지 못했든…… 사랑이었다. 참으로 은밀한 사랑이었다. 우리가 그 밤마다의 의식을 게임처럼, 아니, 정사처럼 즐기고 있었다고 말한들 누가 놀라겠는가.

7

어떤 과정을 거쳐서였는지, 문희규는 의무실에 입실한 지 나흘 만에 교회로 보내졌다. 그에게는 '보호 사병'이라는 딱지가 붙어 있었다.

의무관은 군대 사회에 대한 극심한 불안 심리와 그로 인한 정서적인 불안정을 진단하고, 안정과 자신감의 부여가 처방되어야 할 뿐, 정신과적 치료까지 요구하지는 않을 것 같다는 소견을 내놓았다. 그러나 또 다른 안전사고를 염려한 지휘관은 이 골치 아픈 사병을 원대 복귀시키는 데 대해 일말의 불안을 느낀 모양이었다. 여단장은 군목에게 보내어 일정 기간 동안 정신 교육을 받게 하라고 지시를 내렸다.

군목이 부대에서 행하는 업무 가운데 기본적인 것은 물론 장병들의 종교 활동을 돕는 것이다. 신앙생활을 통한 장병들의 사기 앙양과 그로 인한 정신 전력의 강화…… 그런 임무의 일환으로 군목에게는 또한 보호 사병을 선도하는 임무가 주어져 있었다. 군 생활에 잘 적응하지 못하는 이른바 문제 사병을 군종과에서는 보호 사병이라고 불렀다.

어느 집단이나 부적응자는 존재하게 마련이거니와 그와 같은 부적응자에 대한 집단의 반응은, 그 집단이 어떠한 성격의 집단이든 상관없이, 일종의 징벌의 형태를 띠게 마련이다. 무엇보다도 집단으로부터 열외시켜 개별화하는 작업이 먼저 이루어진다. 이때 이루어지는 개별화에 징벌의 의미가 내포된다. 집단은, 개별화는 불선(不善)이며 불의이고 악이라는 의식을 유포함으로써 각각의 개인들이 개별화의 유혹에 빠져 드는 사태를 차단한다. 문제아들이나 이단자들을 개별화시키는 것은, 집단의 유지에 대한 관심 때문이지 그 개인의 고유한 삶에 대한 배려 때문이 아니다. 보호의 대상이 되는 자는 불가피하게 보호자의 지배 아래 놓이고 만다. '보호'라는 말속에는 이처럼 불순한 가시가 숨겨져 있는 것이다.

군대라는 특수한 집단에서야 더욱 그러하지 않겠는가. 보호 사병이라는 이름으로 개별화된 자는 교회에서 기거하면서 군목의 지도를 받아 생활해 나가도록 되어 있었다. 그는 결국 보호 사병이라는 이름의 문제 사병일 수밖에 없고, 보호는 결국 감호일 수밖에 없는 것이다. 그러한 군목의 임무는 그대로 군종병에게 전가되는 경우가 많았다.

문희규가 보호 사병이 되어 교회로 올라오게 되면서 군종병인 나는 그와 거의 대부분의 시간을 함께 보내었고, 그리하여 누구보다도 그를 잘 이해할 수 있는 입장에 서게 되었다. 군종병에게는 보호 사병에 대한 관찰의 임무가 주어져 있었다. 군종병은 관찰한 바를 군목에게 수시로 알려 주어, 그로 하여금 여단장에게 보고할 거리가 있게 해 주어야 했다. 그 일을 위해서라도 나는 문희규와 어떤 식으로든 접촉을 하지 않으면 안 되었다. 문희규에 대한 나의 어설픈 이해는 모두 그때의 접촉으로 인한 것이다.

나는, 예배실 옆의 창고를 치우고 그에게 따로 방을 만들어 주었다. 내가 비교적 그에게 호의적일 수 있었던 것은 그에 대한 어느 정도의 안면과 그로 인한 믿음 덕택이었다. 적어도 나는 그에게서, 문제가 된 다른 보호 사병에게서와 같은 난폭한 기질을 발견하지 않고 있었다.

희규는 방에 틀어박혀 거의 하루를 다 보냈다. 그는 나오라고 요청하지 않으면 열흘이고 한 달이고 밖으로 나오지 않을 사람 같아 보였다. 그러나 그는 아무리 나오기 싫어도 하루에 한 번 이상은 군목 앞에, 군목이 없을 때는 군종병인 내 앞에 앉아야 했다. 군목이 그를 면담할 때면 나는 옆에 동석하여 면담 일지를 기록해야 했다. 그러나 그는 대부분의 경우 말을 많이 하고 싶어 하지 않았다. 묻는 말에만 짧게 대답하면서, 도수 높은 안경 너머로 눈알을 깜박거리기만 했다.

솔직하게 말하면, 나는 그를 전혀 보호 사병의 범주에 넣고 싶지가 않았다. 그의 내면 속에 있는 것은 내 속에도 또한 있었다. 그것은 영혼일 것이다. 존재의 신성함을 보장해 주는 사람다움의 근거……. 그곳에서 보호 사병이 된다 함은, 영혼의 부재나 결핍이 아니라 영혼의 넘침이고 초과일 것이다. 그리고 그것이 문제의 근거일 것이다. 집단에는 영혼이 없기 때문이다. 영혼을 필요로 하지 않기 때문이다.

그런 이유들로 하여 나는 '보호 사병 관찰 일지'에 기록할 것이 거의 없었다. 내가 그 일지의 기록자여야 한다는 사실이 고통스럽기까지 했다.

8

다섯째 날의 산책은 그의 제안으로 이루어졌다. 그날 그는 자신의 생각을 비교적 솔직하게 내게 들려주었다. 그 생각들은 여기에 옮겨 적어질 가치가 있다.

길은 꾸불꾸불했고, 풀들이 우거져 있었다. 풀들은 우리의 바지를 쓰다듬었다. 나는 군화를 신었지만 그는 운동화를 신고 있었다. 그는 공을 차듯 걸었다. 그런 걸음걸이에 나는 어느 정도 안도감을 느꼈다. 그는 자주 하늘을 올려다보았고, 가끔씩 심호흡을 했다. 하늘은 맑았고, 공기는 더할 수 없이 청명했다. 나는 카메라를 가지고 나올걸 그랬다는 생각을 했고, 그 생각을 그에게 말했다.

"교회에 카메라가 있는데, 가져올까? 마침 필름도 들어 있을 거야."

"아니요."

"왜 사진 찍는 걸 싫어해?"

나는 양쪽 손을 눈높이로 들어 올려 사진 찍는 포즈를 취하면서 그에게 물었다.

"사진 찍히는 게 싫어요."

"찍히는 게? 왜 그러지?"

"글쎄요. 모르겠어요. 사진기를 든 사람이 거리를 맞추고 노출을 조정하고 하며 셔터를 누를 때까지의 그 시간이 거추장스러워요. 이렇게 해라, 저렇게 웃어라, 하는 요구를 듣는 것도 참기가 어렵고…… 그럴 때면 꼭 꼭두각시가 된 것 같은 기분이 들거든요."

"그럼 문 이병은 사진이 별로 없겠네?"

"거의 없어요. 사진처럼 정직한 것이 없다고 하지만 사실은 그것처럼 거짓말을 잘하는 것도 없다는 생각이 들어요. 사진은 평면 위에 갇힌 한 가지의 표정만을 고정시켜 보여 줌으로써 훨씬 복잡하고 난해한 우리들의 입체적인 인생을 왜곡하거든요……. 희로애락이 뒤섞여 있는 우리네 삶의 전체성을 통찰하도록 하는 대신에 어느 한 면만을 부각시켜 그것이 인생이라고 착각하도록 하지 않아요?"

"문 이병은 지금 사진을 찍는 행위에서도 권력의 구조를 파악할 수 있다는 사실을 지적하고 싶은 건가? ……조금 지나친 발상이 아닌지 모르겠어."

그는 곧바로 대답하는 대신 잠깐 하늘을 쳐다보고 심호흡을 한 차례 했다. 나는 그가 대화를 계속할 것인가 말 것인가를 망설이고 있다고 느꼈다. 나는 조마조마한 마음으로 기다렸다. 이윽고 그가 대화를 이어 나갈 결심을 한 모양이었다. 그는 말했다.

"내가 아는 의사 한 사람은 젊은 여자가 오면 감기 환자에게도 옷을 벗으라고 명령해요. 여기저기를 만지기도 하구요……. 환자들은 물론 복종하지요. 그것은 명령이거든요. 그들은 대부분, 감기일 뿐인데 왜 옷을 벗으라는 거냐고 묻지도 않는다는 거예요……. 그건, 한밤중에 일으켜 세워서 기합을 주는 고참에게 우리가 그 이유를 따져 묻지 않는 이치와 무어 그렇게 크게 다르지 않겠지요. 명령이 내려지고 그것이 수용되는 곳에서는 어디에나 권력 관계가 형성되어 있다는 것이 아마도 진실일 거예요. 그곳이 군대이든 병원이든, 심지어 교회이든……."

"권력은 무조건 나쁘다는 생각은 좀 편협한 것 같아. 선한 권력의 존재도 인정해 주는 게 좋지 않을까…… 가령 종교가 가지고 있는 권력이란……."

"선한 권력이 있을 수 있을까요? 권력은 그것이 어떤 구체적인 악을 범하기 때문이 아니라 바로 권력이기 때문에 악한 것이라고 나는 생각해요. 종교조차도 티끌만 한 권력이라도 가지려고 할 때는 이미 악의 경향성에 기울고 있는 겁니다. 내가 생각하는 진정한 종교는, 권력으로부터의 초연, 그 불가능한 가능성을 실천하는 것입니다. 그러기 위해서는 사람을 권력으로부터 해방시킬 뿐만 아니라, 그 종교 자체가 권력으로부터 자유로워져 있어야 하겠지요."

"그 정도로 낭만주의자인지 몰랐는데⋯⋯ 문 이병이 기독교 신앙을 가질 수 없다는 이유가 그건가?"

"한 가지 더 있어요. 그 종교가 집단에의 동경을 이념화하고 있는 것처럼 내게는 보여요. 집단이란 권력의 산물이지요. 그러면서 그 자체가 권력을 산출하는 기구이기도 하⋯⋯. 권력은 집단을 만들고 집단은 권력을 요청하지 않던가요? 사람들이 집단 속에서 욕망하는 것은 과도한 흥분이고, 그저 황홀경일 뿐이지요. 흥분과 황홀경의 상태에 들어가는 것으로 만족하지, 더 이상 그것이 무엇을 위한 황홀경이고, 또 무엇을 배척하는 흥분인지는 생각하려 들지 않지요. 그처럼 위험한 것이 있을까요? 그처럼 맹목적이고 광신적인 집단의 힘 앞에서 목도해야 하는 개인의 실종을 생각해 보세요⋯⋯. 집단에게는 인격이 존재하지 않잖아요⋯⋯. 내가 아무리 선한 집단이라 할지라도 신뢰를 표할 수 없다는 이유를 더 말해야 합니까? 종교가 진리와 선의 이름으로 범한 비진리와 비

인간적인 악행을 상기해 보는 것으로 족할 겁니다. 십자군 전쟁이라는 미명의, 그리고 마녀 사냥이라는 누명을 씌운 살육이 그 선한 집단에 의해서 저질러진 것이 아닙니까? 신의 이름으로, 그 선한 신적인 공동체의 이름으로…….”

문희규는, 어쩐 일일까, 조금 흥분을 하고 있었다. 그의 말들은 조리가 없긴 했지만, 확신에 차 있었다. 저러한 생각을 가지고 있는 자가 군대라는 폐쇄적인 집단 안에서 견뎌 낸다는 것이 얼마나 고통스러울 것인가. 나는 문득 그의 고뇌를 엿본 것 같아서 민망해졌다. 그 역시 나의 민망함을 눈치 챈 것일까. 그도 곧 입을 다물어 버렸다. 우리는 말없이 걷기만 했다.

나무 그늘 아래 자리를 잡고 앉아서 그는 내게 노트를 한 권 사 줄 수 있겠느냐고 물었다. 나는 좋다고 말했다. 외출할 기회가 있으면 그렇게 하겠다고 하면서, 일기를 쓰겠다는 것은 괜찮은 생각이라고 말했다. 자신의 감정을 어떤 방식으로든 털어놓는 일이 중요할 것이다, 내가 종종 그 상대역을 해 주겠지만, 일기장을 가지고 있다는 것은 마음 든든한 일이 될 것이라고 덧붙였다. 나의 이야기를 다 듣고 나서 그는 일기를 쓰려는 게 아니라고 말했다. 그럼? 하고 나는 물었다. 소설을 써 볼 생각이라고 그는 대답했다. 소설을? 그는 가만히 고개를 끄덕였다.

9

열흘째 되는 날, 그는 개에 대해 이야기했다. 개에 대해서? 엄밀하게 말하자면, 개들에 대해서. 아니, 그 자신에 대해서.

꿈을 꿔요, 하고 그는 말했다. 무슨 꿈을? 하고 나는 물었다.

"개들. 아주 크고 사나운 개 떼들."

"아주 크고 사나운 개 떼들?"

"그래요. 개들이에요. 개들에게 물어뜯기는 꿈을, 나는, 거의 매일 밤마다 꾸어요…… . 개들은 항상 떼를 지어 다니고, 그것들한테 물어뜯기는 사람은 또 예외 없이 혼자예요. 늘 나 혼자예요."

그는 몹시 심란한 얼굴을 하고 있었다. 지금 바로 개들이 그를 향해 달려들기라도 하는 것처럼 눈살을 찌푸리며 부르르 몸을 떨기까지 했다. 그에게서 전달되어지는 공포감이 너무도 구체적이고 육체적이어서 나에게까지 전염되는 것 같은 기분이 들었다. 나는 일부러 무연한 표정을 지어 보였다.

"꿈속에서야 무슨 일이든 일어날 수 있지. 문 이병은 아직도 어린앤가 봐. 왜, 무서운 꿈을 꾸면 키가 커질 것이라고들 하지 않나."

희규는 잠깐 동안 말을 끊었다. 하늘을 올려다보는 그의 얼굴 위로 문득 알 수 없는 체념 같은 것이 성에처럼 어리고 있었다. 체념이라고 생각한 것은 나의 착각인지 모른다. 그것은 오히려 확신 쪽에 가까울 수도 있다.

"사람이 자신의 죽음의 방식을 예견할 수 있을까요? ……나는,

아마도 개들에게 물려 죽을 거예요."

그는 마치 남의 이야기를 하는 사람처럼 무덤덤한 어투로 말했다.

무슨 말을 하든 감정이 섞여 있어야 한다는 뜻은 아니다. 하지만 죽음에 대해 말할 때는, 더구나 자신의 죽음을 이야기할 때는 어떤 식의 감정인가를 동반해야 하는 게 아닐까. 개에게 물려 죽을 것이라는 말을 저녁 식사로 감자 요리나 생선 구이를 먹고 싶다는 말을 할 때와 같은 어투로 할 수 있는 것일까. 아니, 그래도 괜찮은 것일까.

"왜 그런 생각을……."

"가끔씩 그런 환상을 보아요. 굉장히 많은 개들을 키워요. 잘 먹이고, 되도록 난폭해지게 훈련을 시켜요. 그러고는 놈들을 일제히 풀어 주는 겁니다. 그들은, 맹목적으로 내게 달려들지요. 맹목적으로? 그건 아닐지도 모르겠네요. 우리의 맹목이 그들에게는 합목일 수도 있는 일이니까요. 나는 그런 생각을 해요. 결국 한 개인의 삶을 결정하는 것이 무엇인가. 이것이야말로 쓸쓸한 성찰이긴 하지만, 한낱 개 떼들에 다름 아니지 않은가. 죽음 또한 삶의 연장인 터에 개 떼들로부터 자유로운 죽음이 가능이나 하겠는가……."

그는 무슨 뜻으로 개인의 삶을 결정하는 것이 개 떼들에 다름 아니라고 선언한 것일까. 권력은 개와 같다는 말을 나는 언뜻 떠올렸다. 어떤 법학자의 것으로 기억되는 그 말을 나는, 권력이 개와 같아서 주인을 따르는 것처럼 보이지만, 조금만 방심하면 어느 새 주인에게 덤벼든다는 뜻으로 이해하고 있었다.

나는 그에게 말을 그만 하게 해야겠다고 생각했다. 가만 내버려 두었다가는 어디까지 미끄러져 내려갈지 몹시 우려되어서였다. 그가 소설을 쓰겠다고 말한 기억이 떠올라서 나는 화제를 돌릴 양으로 소설을 쓰고 있느냐고 물었다. 그는 그렇다고 대답했다. 나는 언제부터 소설에 관심이 있었느냐고 물었다. 그는, 군에 들어와서부터라고 대답했다. 그렇다면 처음이란 말인가. 그는 고개를 끄덕였다. 대학에서 문학회 활동을 하긴 했지만, 이제껏 소설을 써 보지는 않았다는 것이었다.

"기대가 되는데. 제목을 말해 줄 수 있어?"

"물론이지요. 아직 확정된 것은 아니지만."

"무언데?"

그는 여전히 심란한 표정인 채로 대답했다.

"몰록에 대한 이유 있는 항변, 어때요?"

"몰록?"

나는 그 낯선 단어가 무슨 뜻인지 알지 못했다.

"몰록을, 교회 다니는 사람이 몰라요? 페니키아 인들이 섬기던 식인(食人)의 신…… 성경 어딘가에도 나올걸요. 몰렉이라는 이름으로……."

"그런 게 있나?"

나는 진심으로 부끄러웠다. 그런 이름의 신을 들어 보지 못했대

서가 아니라 그 순간 내가 내 종교의 경전인 성경을 얼마나 읽지
않고 있는가가 상기되었기 때문이었다. 고등학교 때부터 교회를
다니긴 했지만, 나의 신앙이란 내세울 것이 없었다. 내가 군종병
이 된 것은, 그때 마침 마땅한 군종병감이 전입되어 오지 않은 데
대한 반사 이익일 뿐이었다. 운이 좋았거나 하나님의 은혜라고 해
야 할 일이었다.

"그 제목이 조금 걸린다면, 이건 어때요? ……개들은 이빨을
가졌다……."

10

인간은 길들여진다. 그것을 우리는 의식화라고 부르고, 그 과
정을 삶이라고 부른다. 의식화라는 말속에는 일정한 방향이 설정
된 채 감춰져 있다. 그 방향을 다른 말로 하면 의도일 것이다. 의
도되지 않고는 아무것도 이루어질 수 없다고 믿는 사람들이 있다.
그러나 다시 생각해 보라. 의도한다 함은 의도가 작용할 대상을
전제하고 있다. 진공 상태에서는 아무것도 의도할 수 없다. 내용
과 대상이 없는 의도란 불가능하다. 그래서 우리의 질문은 언제나
그 내용과 대상으로 향한다.

왜 우리는 의도의 주체에 대해서는 질문할 줄을 몰랐을까. 누
가, 또는 무엇이 그것을 의도하는가를 질문하지 않은 것은, 혹시
우리가 너무 개와 뉴스 가치에 대한 격언을 잘 이해하고 있기 때

문이 아닐까. 개가 사람을 무는 것은 뉴스거리—떠들어 댈 필요가 없다는 그 말속에 숨겨진 '개'들의 의도에, 역설적이게도, 우리는 지나치게 순응하고 있는 것이 아닐까. 개들의 물 권리를 보장하고 있는 그 권리 장전의 뒤에서 "권세들에게 복종하라. 그것은 하늘로부터 온 것이다"라는 따위의 노골적인 힘의 의지를 읽는 것은 조금도 어려운 일이 아니다.

희규가 말하는 '개'란 결국 은유에 다름 아닐 것이다. 언제나 그냥 '개'라고 말하지 않고 '개들'이라고 말하는 방식에도 그의 집요한 현실 인식이 반영되어 있는 것이라고 나는 생각한다. 요컨대 힘은 언제나 복수인 것이다. 조직과 구조, 관리와 통제, 패거리의 형성…….

문희규가, 꿈속에서가 아니라 현실 속에서, 개들과 혈투를 벌였다. 그 개들은 여단장 관사에서 기르는 두 마리의 불도그였다. 덩치가 크고 생김새가 험악해서 모두들 겁을 내는 놈들이었다. 관사에 사역을 나가거나 심부름을 갈 일이 생기면 사병들은 놈들 앞에서 몸을 사렸다.

여단장이 그놈들을 한 손에 한 마리씩 잡고 산책 나왔을 때, 희규는 공교롭게도 교회의 화단을 손질하고 있었다. 땅거미가 내린 어스름한 저녁에 여단장은 간혹 순찰을 겸해서 산책에 나서곤 했는데, 부대의 외곽을 돌아 교회 뒷산으로 이어지는 길이 그의 산책 코스였다.

일의 시작이 어떻게 비롯되었는지는 분명하지 않다. 나는 그때 그 현장에 없었다. 비교적 정확하다고 알려진 소문에 의하면, 개들이 문희규를 보자마자 무섭게 짖어 대며 달려들었다는 것이다. 개들이 어째서 그처럼 살벌하게 희규에게 덤벼들었던 것인지는 설명할 수 없다. 개들을 잘 통제하던 여단장으로서도 손을 쓸 수가 없을 만치 그것들의 공격은 즉각적이었고 난폭한 것이었다.

주인의 손을 벗어난 그 개들을 통제할 수 있는 사람은 아무도 없었다. 개들은 곧장 희규를 향해 으르렁거리며 달려갔다. 그러고는 어떻게 피해 볼 새도 없이 집채만 한 개 두 마리가 그의 몸을 덮쳐 버렸다. 한동안 엎치락뒤치락거리기는 했지만, 애초부터 불을 보듯 뻔한 승부였다. 희규는 옷이 찢겨 나갔고, 살점이 뜯겨 나갔다.

여단장은 주변에 있는 초소로 달려가 병력을 동원시키라고 지시했다. 본부 중대장이 중대원들을 데리고 급히 달려왔을 때 희규는 한 마리의 개를 끌어안고 피투성이가 되어 뒹굴고 있었다.

피를 본 개들은 포위망을 좁혀 가는 병사들에게도 험악한 눈초리로 위협했다. 실제로 놈들은 이빨을 앞세우며 병사들에게 달려들기도 했다.

정신을 잃고 쓰러져 있는 희규의 몰골은 말이 아니었다. 처참했다. 옷이 갈기갈기 찢겨져 나갔고, 온몸은 상처투성이였다. 피가 뚝뚝 떨어지고 있었다. 나는, 그의 모습이 너무 끔찍했기 때문이기도 하지만, 그보다는 그가 무슨 불길한 주문처럼 들려주었던 그 자신의 죽음의 방식에 대한 예견이 떠올라서 몸을 떨었다. 정신까지 차갑게 얼어붙게 만드는 전율이 나의 움직임을 제어하고 있었다.

개들 역시 피로 범벅이 되어 있었다. 물론 희규의 몸 어딘가에 생긴 상처에서 나온 피가 한 몸처럼 붙들고 뒹구는 가운데 개에게 옮겨 묻었을 것이었다. 모두들 그렇게 생각했다. 그러나 반드시 그렇지만은 않음을 눈치 챈 사람은 개의 주인인 여단장이었다. 그는 곧바로 개를 붙잡고 이곳저곳을 살피더니 허리께에서 제법 깊은 상처를 발견했다. 그의 얼굴이 금세 일그러지고 있었다.

나는 불길한 기운을 느꼈다. 그 순간 땅바닥에 쓰러진 채 축 늘어져 있는 희규의 다리 끝에서 가위를 발견했던 것이다. 최근 들어 그는 가위를 가지고 화단의 꽃을 손질하는 일에 재미를 붙이고 있었다. 그는 꽃을 손질하고 있었을 것이고, 갑자기 달려든 개와 엎치락뒤치락하는 와중에서 엉겁결에 가위를 휘둘렀을 것이다……. 괜한 불안이 아니었다. 마침내 여단장이 자신의 개를 쓸어안으면서 소리를 질렀다.

"내 개에게, 저런 쓰레기 같은 자식이, 내 개에게 상처를 입혀? ……저 자식을 영창에 넣어 버려. 영창에……."

여단장은 의식을 잃고 쓰러진 희규를 발로 걸어차기까지 했다.

나는 여단장의 그러한 반응에 울화가 치밀어 올랐다. 그렇지만 내가 무엇을 할 수 있었겠는가. 나는 작대기 세 개를 단 군종병이었고, 그는 여단장이었다……. 여단장이 그런 식이었으므로 누구 하나 선뜻 나서서 사태를 수습하려는 사람이 없었다. 모두들 지시가 떨어지기만을 기다리고 있었다.

나의 우려는, 아쉽게도 한 번 더 적중하고 말았다. 여단장이 어찌 할 바를 모르고 한쪽에 서 있는 나를 발견한 것이다. 그는 이번에는 나를 향해 손가락질을 해 대기 시작했다.

"군종병 이 새끼, 너, 거기서 뭐하고 서 있어? 하루 종일 니가 하는 일이 뭐야. 저런 문제아들이나 잘 좀 감시하라고 했더니, 일만 만들어 놓고……. 빨리 안 데려가고 뭐 해, 이 새끼야. 너도 영창 가고 싶어?"

11

희규는 의무대에서 치료를 받았다. 의무관은 후송을 보내는 것이 좋을 것 같다는 의견을 제시했으나, 사고의 시말이 상부에 알려질 것을 염려한 지휘관은 그 의견을 묵살했다. 의무관은 더 이상 고집하지 않았다.

내가 의무대를 방문했을 때, 침대에 누워 있는 희규의 몸에는 붕대가 친친 감겨져 있었다. 나는 그 모습을 보면서 아주 잠깐 미라 같다는 생각을 했다. 그는 상체를 일으키려고 하면서 희미하게 웃었다. 어쩌면 웃은 것이 아닌지도 모른다. 그는 아무 말도 하지 않았다.

나는 그대로 있으라고 말하며 그를 눕혀 주고, 필요한 것이 없는가를 물었다. 그는 자신의 노트를 갖다 달라고 부탁했다. 그의 부탁을 들으면서 나는 문득 그가 쓰고 있는 글들이 이 사건과 관련되어 있을지도 모른다는 어처구니없는 생각을 했다. 그 생각이 어처구니가 없다고 하는 것은, 개와 사람이 동일시되어서는 안 되기 때문이다. 아무려면 그가 '개들은 이빨을……' 어쩌구 하는 제목의 소설을 쓰고 있다고 해서 개들이 그에게 덤볐을까.

하지만, 그가 자주 꾸곤 한다는 그 꿈 또한 수상하지 아니한가. 꿈의 현실화가 가능한 것일까. 그는 자신이 맞이할 죽음의 형식을 말하면서 그 꿈의 현실화를 예견했었다. 그 모든 일이 이번 일과 무관하단 말인가……. 터무니없는 줄 알면서도 자꾸만 그런 생각이 치솟는 것을 어쩔 수가 없었다.

나는 고개를 저어 그러한 생각들을 물리친 다음 조심스럽게 물었다.

"글씨를 쓸 수 있겠어?"

그는 고개를 끄덕였다.

나는 그에게 노트와 몇 권의 책을 가져다주었다. 그에게 전해주기 전에 잠깐 넘겨 본 그의 노트에는 벌써 여러 장이 하늘색 볼펜 글씨로 메워져 있었다.

12

그 여자의 첫인상은 쓸쓸함이었다. 광대한 우주의 한복판으로 홀로 떠돌아다니는 별의 영상을 나는 잠깐 그녀의 얼굴 위에 그려 보았었다. 별들은 무리 지어 있는 것처럼 보이지만 실상은 각각 하나의 섬처럼 고립되어 있음을 나는 알고 있다. 고립되어 존재하는 것들의 얼굴 위로 쓸쓸함은 일렁거린다. 그리하여 그것이 존재들에게 깊이를 제공한다.

그녀는 PX 건물 밖에 설치된 간이 의자에 고개를 숙이고 앉아 있었다. 나는 그녀에게 다가가 문희규를 찾아온 사람이냐고 물었고, 그녀는 그렇다고 대답했다. 나는 나의 이름과 신분을 밝히고 희규가 나올 수 없는 사정이 있어서 대신 나왔다고, 미안하다고 말했다.

"희규는?"

그녀는 아주 조심스럽게 물었다. 내가 그녀의 인상에서 전달받은 쓸쓸함의 근원이 어쩌면 그녀의 목소리였는지도 모르겠다. 그녀의 목소리에는 어떤 신비로움 같은 것이 묻어 있는 것처럼 느껴졌다.

나는 아주 잠깐 어떻게 대답을 해야 할지 망설였다. 나오면서부터 그 생각을 했었다. 그녀를 만나면 희규에 대해 무엇이라고 설명해 줄 것인가……. 가족이라면 또 모를까, 얼른 대답이 서지 않았다. 그녀는 나의 표정에서 머뭇거림을 읽었을 것이다. 한동인 나의 얼굴을 빤히 쳐다보고 있던 그녀가 고개를 떨구었다. 그리고는 잠시 후에 낮은 목소리를 내었다. 마치 혼자서 중얼거리는 것 같은 목소리였다.

"그에게 무슨 일이 생긴 거지요? 그 정도는 짐작하고 왔어요."

"어떻게 말을 해야 할지 모르겠군요. 그냥 사고가 생겨서 몸을 좀 다쳤다고만 알아 두십시오."

나는 그렇게밖에 말을 할 수가 없다고 생각했다. 나는 그녀를 전혀 알고 있지 못했다. 그녀와 희규와의 관계에 대해서도 모르고 있기는 마찬가지였다. 그 순간 언젠가 희규에게 편지가 왔던 기억이 문득 났다. 그 편지를 내가 전해 주었었다. 이름은 잘 생각나지 않지만, 그 편지를 보낸 사람이 여자였던 기억은 난다. 이 여자가 그녀일까. 아마도 그럴 것이다……. 그렇다고 하더라도 마찬가지이다. 희규가 치러 낸 개와의 그 어이없는 혈투를 여자 앞에서 꺼내기란 썩 용이한 일이 아니었다. 그래서 나는 그냥 희규가 조금 다쳐서 의무대에 입실해 있는 상태라고만 이야기해 둘 참이었다.

한데, 그녀가 그러한 나의 시도를 막았다. 그녀는 핸드백을 뒤지더니 무엇인가를 내 눈앞으로 꺼내 놓았다. 그것은 한 장의 종이였다.

"이게 무업니까?"

"펴 보세요."

종이는 네 겹으로 단정하게 접혀 있었다. 내가 그것을 펴는 동안 그녀가 나지막한 목소리로 설명을 보태고 있었다.

"그는 그림 그리기를 좋아했어요. 전부터 그림 편지를 자주 보내왔어요. 그림일기가 있는데, 왜 그림 편지가 없어야 하느냐고 하면서요……. 그는 그림을 통해서 훨씬 정확하고 폭넓은 감정을 표현할 수 있다고 믿고 있는 사람이었어요. 심지어는 그림이 아니고는 표현이 불가능한 감정도 있다고 생각하는 것 같았어요. 그림이 글보다 정직하다는 그의 말에는 나도 어느 만큼은 동감했구요……. 그는 아무도 몰래 군에 입대해 버렸어요. 아무도 몰랐어요. 그가 그 그림 편지를 보내올 때까지 나 역시도 그가 어디서 무엇을 하는지 전혀 모르고 있었어요. 설마 하니 군에 들어가 있으리라고는 생각도 못했거든요……."

그림 편지, 희규가 보냈다는 그림 편지……. 백지 위에 그려진 그 그림—편지를 펼쳤다. 그리고 나는 곧장 경악 속으로 떨어져 내려갔다.

거대한 동물이 앞발을 높이 치켜들고 중앙에 동상처럼 자리 잡고 있었다. 그 동물이 개의 형상임은 누가 보아도 금방 알 수 있었다. 개는 덩치가 크고 인상이 험악하고 몸뚱이는 온통 검은 털로 뒤덮여 있었다. 그 거대한 개의 형상은 또한 그보다 작은 수없이 많은 개들로 이루어져 있었다. 개들이 층을 이뤄 만든 위대한 개의 형상인 셈이었다. 그리고 그 개의 발밑에는 자빠지고 넘어져서 꾸물거리고 울부짖는 인간들의 아비규환이 너무나 사실적으로 그려져 있었다. 인간들은 하나같이 손바닥을 비비고 있거나 무릎을 끓고 있었고, 더러는 죽어 가고 있었다. 그것은 참으로 슬픈 그림이었다.

나는 할 말을 잃고 멍청해져 버렸다. 둔기로 한 대 얻어맞은 기분이었다고 할까. 그 그림을 통해 표현하고자 하는 바가 무엇인지는 너무나 분명했다. 너무나 분명해서 끔찍했다. 그것은 슬픔이면서 또 끔찍함이었다. 은폐되지 않은 것들은 얼마나 추악하냐. 은폐되지 않은 육체, 은폐되지 않은 본능, 은폐되지 않은 진실은 얼마나 치욕스러우냐. 축복이 있으리니, 우리들, 위선의 껍데기를 뒤집어쓰고 춤추자. 위선은 맹랑하고 은폐된 욕망은 고상하구나…….

"역시 그렇군요."

나의 표정에서 그녀는 모든 걸 다 읽어 버렸을까. 그런 모양이었다. 끔찍하고 추악한 일이다. 나 역시 나의 감정을 은폐하지 못한 것이 아닌가. 나 역시 간파당하고 말지 않았는가. 나 역시 너무나 노골적으로 진실을 노출해 보여 버린 것이 아닌가……. 나는 더 이상 망설일 필요가 없다고 느꼈다. 나는 무엇에 취한 사람처럼 허둥대면서 두서없이 말하기 시작했다. 희규가 교회에 들어와 생활하게 된 일부터. 아니, 그가 보초 근무 중에 허공에다 총을 쏜 일부터. 아니, 그 이전, 유독 그 혼자서 우리들의 그 한밤의 의식을 거부했던 일부터……. 말을 다 끝내 놓고 나서 나는 괜한 짓을 했다고 후회했지만, 이미 어쩔 수 없는 일이었다. 그녀는 처음의 쓸쓸한 풍경을 유지한 채로 망연하게 앉아 있었다.

13

그녀와 나는 둑길을 걸어 역을 향해 갔다. 일하는 사람의 모습이 보이지 않는 벌판은 황량했다. 태양은 하늘 끝에 겨우 걸려 있었고, 산허리를 감아 돌며 지나가는 화물 열차가 경적을 울리고 있었다. 해가 지면 어둠이 기동대처럼 잽싸게 진격해 들어올 것이다. 이 지역은 비교적 어둠이 빠르게 퍼지는 편이었다.

아까부터 그녀와 나는 말을 잃고 있었다. 나는 하릴없이 두리번거리면서 주변 풍경에 마음을 주고 있다는 시늉을 하고 있었고, 그녀는 시종 시선을 아래로 떨구고서 자신의 발걸음을 헤아리며 걷는 사람을 흉내 내고 있었다. 어색한 기분이 쉬 가실 것 같지가 않았다. 나는 공연히 바래다주고 오겠다며 친절을 부리고 나선 것이 아닌가 후회스러워졌다. 역까지만 바래다주고 오겠다는 나의 제안에 쉽게 고개를 끄덕여 준 위병 하사가 되레 원망스러워지기까지 했다. 그가 교회에 열심히 나오는 신자가 아니었다면, 그리고 내가 가끔씩은 설교를 하기도 하는 군종병이 아니었다면, 그렇듯 간단하게 외출을 허락하지는 않았을 것이다.

"희규와 내가 어떤 사이인지를 왜 묻지 않지요? 말 안 해도 짐작할 만하다는 뜻인가요?"

여자가 입을 연 것은 들판 가운데 있는 저수지를 막 돌아가고 나서였다.

"그렇지가 않다는 말입니까?"

나는 조금 겸연쩍어졌다. 그러고 보니 그녀의 이름조차 확인해 두지 않은 사실이 떠올랐던 것이다. 막연하게 편지를 보낸 적이 있는 그 여자이려니 생각하고 있을 뿐이었다.

그녀는 다시 발부리만 바라보면서 걸었다. 그 순간에 나는 언뜻 그녀 속에 아직 마저 하지 못한 이야기가 남아 있을지도 모른다는 생각을 했다. 어떻게 그런 생각이 들었을까. 그녀가 처음 만난 내게 무슨 할 이야기를 가지고 있단 말인가……. 그런데도 내게는 그런 직감이 왔다. 나는 더 이상 질문하지 않고 그녀와 보조를 맞추어 나란히 걸음으로써 그녀가 속엣말을 꺼내 주기를 기다리기로 했다.

"아까 말씀하시면서, 희규가 명회라는 이름을 불렀다고 했지요?"

"그랬지요. 보초 근무 중에 공중에다 대고 소총을 쏘았습니다. 그러고는 말했지요. 처음에는 달빛이 어쩌고저쩌고 횡설수설하더니…… 명회의 슬픈 혼이 머리 위에 날아와 한없이 슬프고 처절하게 울었다고, 그 울음소리를 그냥 들을 수가 없었다고……. 하지만 나중에 그도 시인했지만, 그 소리는 밤 부엉이 울음이었습니다. 밤이 되면 부엉부엉 하고 청승맞게 우는 새 말입니다."

"그 명회가 누군지 이야기해 주던가요?"

나는 발을 멈추었다. 그것은 물론 그녀가 먼저 발길을 멈추고 서서 예의 그 난해한 눈빛으로 나의 얼굴을 빤히 쳐다보았기 때문이었다.

한번 희규에게 물은 적이 있었다. 하지만 그는 나의 질문을 묵살해 버렸다. 나는 사건이 더 이상 확대되는 걸 원치 않았기 때문에(그때 나는 그와 함께 보초 근무를 서고 있었다) 한밤의 청승맞은 부엉이 울음소리가 촉발시킨 정신 착란 상태에서 충동적으로 저지른 돌발 사태쯤으로 이해된 채 넘어가 주기를 은근히 바라고 있었는지도 모른다. 나뿐만이 아니라 모두들 그것을 바라는 눈치였다. 나는 그러한 바람들을 진실인 양 받아들여 버렸다.

그녀는 풀밭에 주저앉았다. 그녀가 아무 말도 하지 않았기 때문에 나도 그 옆에 털썩 몸을 부렸다. 태양의 절반 이상이 산 저쪽으로 넘어가고 없었다. 곧 어두워질 것이라고 나는 다시 생각했다. 시계를 보았다. 기차가 한 시간에 한 대꼴로 있다는 사실을 나는 알고 있었다. 어쩌면 기차를 한 대 놓치게 될지도 모른다는 생각이 들었다.

"저의 오빠예요."

그녀의 말을 나는 얼른 알아듣지 못해서 멀뚱멀뚱한 표정을 지었다. 누가? 누가 그녀의 오빠란 말인가.

"희규가요?"

그녀는 고개를 저었다.

"아니요."

"그럼 오빠와 희규 사이는……?"

"대학 친구였어요."

"그러니까 희규는 친구의 여동생을 사귄 거로군요……."

"아니요. 희규는 처음부터 나의 친구이기도 했어요. 우리는 K시에 있는 대학에 같이 다녔거든요. 우리는 같은 학과 친구였어요."

나는 그녀를 멀뚱히 쳐다보았다. 그들의 관계가 선명하게 들어오지 않았다. 희규와 그녀의 오빠는 친구 사이이고, 그녀와는 애인 사이인 것 같은데, 또 동시에 자신과도 친구? 같은 학과의? ……그녀는 잠깐 고개를 돌리더니 나를 보고 수줍게 웃었다. 처음 접한 그녀의 미소가 뜻밖이어서 나는 어리둥절해졌다. 이윽고 그녀가 나지막하게 말했다.

"오빠와 나는 쌍둥이였거든요."

그렇구나, 싶은 깨달음과 함께 새로운 의구심이 치솟았다. 그녀는 왜 "쌍둥이였거든요" 하고 말하는 것일까. 그 의구심은, 명회의 슬픈 혼…… 운운하던 희규의 절규가 떠오르면서 점층된 불길함이기도 했다.

"'였거든요'라니요?"

"오빠는 죽었거든요."

"죽었……."

"사고였어요……. 희규는 그 죽음이 자기 때문이라고 생각해요. 그래서 군대를 자원해 들어갔을 거예요. 외아들이라 군대를

138

가지 않아도 되는데도……. 그는 자신을 학대하고 있는 거예요. 바보처럼……. 그래야 한다고 믿고 있는 그를 설득할 수가 없어요……. 나와 희규의 관계가 연인인지 아닌지를 알고 싶으시지요. 어느 정도는, 그렇게 말할 수 있을 거예요……. 하지만, 이런 것도 사랑일까요? 그가 내게 대해 느끼고 있는 감정의 정체가 무엇인지를 안다면……. 그는 쌍둥이 동생인 나를 통해서 명회 오빠를 만나는 거예요. 명회 오빠에게 참회하고 용서를 구해야 한다는 강박 관념으로 나를 대해요. 그에게, 나는 단지 명회 오빠의 대역일 뿐예요. 그런 상태에서 연인이 가능하겠어요? ……그는 나를 사랑한다고 말하지만, 그 사랑이란, 아, 그 뒤틀리고 대상이 불투명하고 강박 관념에 꽉 사로잡혀 있는 사랑이란, 그저 애처로움이고, 참담함에 다름 아니지요. 슬픈 사랑, 불행과 비극이 예견된 이런 사랑을 운명처럼 걸머져야 할지……. 이 줄다리기는 참으로 힘이 들어요."

기차가 산허리를 돌아오고 있었다. 나는 손목을 들어 시계를 보았다. 아무래도 저 기차를 타긴 어려울 것 같았다. 그러면 별수 없이 한 시간을 더 기다려야 한다. 이미 태양은 보이지 않았다. 산은 태양을 받아 삼키고도 아무 일도 없었다는 듯 시치미를 뚝 떼고 있었다. 산기슭으로부터 진격해 온 어둠이 벌써 벌판에 이르러 있었다.

아, 그 순간에 나의 입을 빠져나온 물음은 또 얼마나 어처구니가 없었던가. 범속한 호기심의 노출을 막고 어색한 분위기를 바꿔 본다는 것이 그만 그처럼 주책없는, 또 다른 호기심을 물색없이 드러낸 꼴이 되고 말았다.

"그를 사랑하세요?"

물론 그녀는 대답하지 않았다.

14

"혜진이 그런 말을 하던가요?"

희규는, 몸을 돌리며 그렇게 한마디했을 뿐이었다. 그렇지, 그녀의 이름이 혜진이었지. 임혜진……. 돌아눕긴 했지만, 아무것도 더 할 말이 없다는 자세는 아니었다. 차라리 말을 하기가 어렵다는 쪽에 가까웠다.

나는 통닭과 오렌지 주스와 『인간 실격』을 그에게 내밀었다. 그것들은 모두 그녀가 차에 오르기 전에 건네준 것들이었다. 그때 아마 나는, 특별히 전할 말이 없느냐고 물었던 것 같다. 그녀는 잠깐 생각하더니 "그를 잘 좀 보살펴 주세요. 그리고……" 하며 통닭집으로 들어가서 통닭을 샀었다. 그러고도 시간이 조금 남아 있었기 때문에 우리는 역전에 있는 조그만 가게에서 콜라를 마셨다.

스트로를 통해 콜라를 빨아 마시는 그녀의 옆얼굴을 쳐다보면서 나는 죽고 없다는 그녀의 쌍둥이 오빠의 모습을 상상해 보았다. 그녀를 닮았다면 깊숙하게 파인 눈하며 어딘가 꿈꾸는 듯한

인상을 풍기는 남자였을 것이라고 나는 생각했다.

그제야 찬찬히 뜯어본 여자의 얼굴은, 세속적인 기준에서 볼 때 미인이랄 수는 없었다. 그런 기준과는 상관없이 독특한 매력을 풍기고 있었다. 사람의 마음을 움직이는 것은 결국 내용보다는 분위기일 것이라고 생각하면서, 나는 문득 희규와 그녀를 연결하고 있다는 그 기묘한 사랑을 떠올렸다. 그녀의 설명에 의하면, 희규의 사랑은 잔뜩 뒤틀려 있고 파손된 자의식에 멋대로 휩쓸려 있는 것 같다. 하지만 그녀는? 그 이해할 수 없는 사랑의 한쪽 사슬에 붙들려 있는 그녀에게 있어 사랑이란 또 무엇이란 말인가…….

나의 집요한 속생각을 훔쳐 읽기라도 했는가. 만일에 그렇다면 그녀는 내 속에 들어 있는 그 호기심의 범속함에 적잖이 실망했을지 모른다. 그녀가 문득 중얼거렸다.

"희규를 사랑해요."

나의 질문에 대한 대답이었을까. 나는 벌판에서 물었었다. 희규를 사랑하나요? ……그 질문에 대한 대답이라면, 그녀는 참으로 길게 뜸을 들이고서 대답을 한 셈이다. 기차를 타기 직전에야 대답을 한 것이 아닌가. 희규를 사랑해요…….

그녀의 대답에도 불구하고 아무것도 분명해지지 않았다. 이 경우에 사랑한다는 것은, 그녀가 희규를 사랑한다고 하는 것은, 어떤 의미를 지니는 것일까. 벌판에 서서 그녀의 이야기를 들으면서 사랑하느냐는 질문을 던졌을 때는 그 대답을 듣는 것만으로 모든 것이 분명해지리라는 희망을 품고 있었다. 사랑한다지 않는가. 더무슨 말이 필요하며 더 무슨 일이 문제가 될 수 있겠는가. 그것으로 충분하지 않은가……. 그런 식이었던 것 같다. 사랑은 모든 가치와 상황을 초월한다는, 그러므로 사랑이 자리를 잡은 곳에서는 더 이상 어떤 상황도 문제이기를 그친다…… 상황 종결에 대한 믿음……. 마침내 그녀는 사랑한다고 말했다. 그래서 무엇이 달라졌는가. 아무것도……. 오히려 혼미만 더해지고 있었다.

기차가 왔고, 그녀는 역사를 향해 눈을 돌렸다. 나는 머뭇거리며 조심해서 가라고 인사했다. 그러고는, 보름쯤 후에 다시 와 보라고, 그때쯤이면 희규를 면회할 수 있을 것이라고 덧붙였다. 그녀는 그때까지 핸드백과 함께 겹쳐 들고 있던 책 한 권을 불쑥 내밀었다.

"이것도 같이 갖다 주세요. 그가 좋아하는 다자이 오사무예요."

다자이 오사무라는 사람에 대해서 나는 알고 있는 것이 전혀 없었다. 따라서 그 작가에 대한 1차적인 인상이란 결국 그 사람의 작품이라고 내민 책의 표지에 의해 좌우될 수밖에 없었다. 나는 책의 표지를, 제목까지를 포함해서, 그 책의 얼굴이라고 생각하는 편이다. 어떤 사람을 처음 만날 때, 어쩔 수 없이 얼굴을 보고 그 사람의 됨됨이를 추측하게 되는 것처럼 책과의 만남에 있어서도 표지가 주는 인상에 어느 정도는 지배받게 마련인 것이다.

그러한 나의 선입견에 맞추어 볼 때, 그 책의 표지는 조금 파격적인 인상을 주었다. 차라리 핏빛이라고 해야 좋을 정도로 짙은 붉은색을 바탕에 깔고 그 위에 음영처럼 어둡게 한 남자의 몰골을 그려 놓았는데, 그 비극미 넘치는 인물의 목과 팔에는 밧줄까지 걸쳐져 있었다. 거기다가 고딕 글씨로 무겁게 찍어 박은 그 선언적인 제목—'인간 실격'이라니…….

나는 조금 난감해지고 있었다. 이런 책을 그에게 전해 줄 수 있는 것일까. 그녀는, 희규가 좋아하는 작가라고 말했다. 그렇더라도 이 책 제목은 마치 그를 조롱하는 것처럼 보이지 않을까……. 그러나 나는 망설임을 그치기로 했다. 이열치열이라는 식의 대응법이 떠올랐다는 뜻에서가 아니다. 나는 사람들의 기호라고 하는 것이 어느 정도는 맹목적이고 무의지적이라는 생각을 해냈다. 독재자는 예외 없이 예술을 사랑한다고 하지 않던가. 피 묻은 손으로 예술을 어루만지는 일이 가능한 것은 예술이 그들에게 목적도 의지도 아니기 때문일 것이다. 그 상황에서 내가 독재자의 피 묻은 손까지 떠올린 것은 조금 민망스러운 일이긴 해도, 어쨌거나 나는 희규에게 책을 건네주는 일을 더 이상 망설이지 말기로 결정했다.

"그렇지 않아도 다자이 오사무를 다시 읽고 싶었어요."

희규는 무엇보다도 그 책을 반가워했다.

그러나 그녀에 대해서는 아무것도 물으려 하지 않았다. 따라서 "명회라는 친구의 쌍둥이 누이라면서? 분위기가 좋던데……" 하

144

고 먼저 말을 꺼낸 것은 나였다. 나는 내친김이라는 심사로 오빠의 죽음과 관련한 희규의 죄의식을 그녀가 몹시 우려하더라는 소리를 했다. 그렇게 말할 때, 내 속에는 가능하다면 그 내막을 한번 들어 보자는 속셈도 없지는 않았다.

"혜진이 그런 말을 하던가요?"

그러나 그것이 그의 유일한 반응이었다. 그는 돌아누우며 다시 오사무를 펴 들어 버렸고, 곧 위생병이 들어와 그에게 약을 투여했다. 조금 있자 의무관이 들어오더니 붕대를 벗기고 상처 부위를 살폈다. 흉하게 일그러진 피부들이 문외한이 보기에도 심각하게 악화되어 가고 있음을 눈치 채게 했다. 의무관은 고개를 절레절레 흔들었고, 희규는 아무래도 상관없다는 듯 『인간 실격』에 빨려 들어가고 있었다.

3
몰록에 대한 이유 있는 항변

1

장갑차들이 떼를 지어 부대 옆을 지나갈 때 나는 저녁을 먹기 위해 식당에 앉아 있었다. 이 밤중에 훈련을 떠나는가. 갑자기 쿠르릉거리는 소리가 들리면서 바닥이 덜덜덜 떨려 왔다. 나는 무의식적으로 테이블을 붙들었다. 지진이라도 일어난 것 같은 격렬한 진동이 식당 안의 집기들과 벽과 사람들을 뒤흔들고 있었다. 장갑차, 흡사 공룡과도 같은 그 거대한 몸뚱이를 대할 때마다 나는 여지없이 위축되곤 한다. 촌스럽게 장갑차 따위를 겁낸단 말인가…… 마음을 단속해 보지만, 나는 안다, 지금 나의 생식기가 얼마나 볼품없이 오그라 붙었을지…….

한없이 위축되고 기가 꺾이는 자신을 돌아보면서 나는 낮 시간에 보았던 화력 시험장의 장엄함을 떠올렸다. 온 산을 뒤흔드는 연속적인 포성, 하늘을 가르며 나는 섬광, 그리고 포연, 땅에서 피어오르는 무겁고 웅대한 구름…….

"다음에는 스마트탄의 위력을 보시겠습니다. 보시면 아시겠지만, 이것은 목표물에 떨어지고 나서 3중 폭발을 합니다. 최종적으로는 1제곱미터당 수류탄 한 발씩을 터뜨린 것과 같은 효과가 나타나게 되어 육안으로도 마치 온 산에 구멍이 뚫린 것처럼 보일 겁니다. 대단한 위력이지요…….."

전망대에 모여 앉은 손님들을 향해 브리핑을 하고 있는 사람은 사단장이었다. 부대에서는 1년에 한 번씩 화력 시험을 해야 했다. 시험장에는 이 나라에서 힘깨나 쓴다는 유력한 인사들이 대거 참관을 하게 마련이었다. 부대가 이를 위해서 1년을 다 보낸다고 할 정도로 중요하게 생각하는 것도 무리가 아니었다. 때로는 대통령이 참관인으로 참여하기도 하는 행사가 아닌가. 이 행사야말로 사병들에게는 참으로 부담스럽고 힘든 훈련이 아닐 수 없었다.

포탄이 하늘을 날았다. 벌칸포와 로켓포와 자주포가 천지를 뒤흔들며 개활지 건너편 산속에 마련된 표적에 정확히 떨어졌다. 거대한 불덩이가 비처럼 쏟아 부어지고, 천둥을 방불케 하는 무시무시한 연속음과 함께 지축이 흔들리는 걸 느낄 수 있었다. 임시로 설치된 전망대의 바닥이 무섭게 진동을 쳤다.

스마트탄이 터지자, 사단장이 말한 대로 온 산에 흡사 구멍이 뚫린 것처럼 보였다. 다시 천둥을 치는 듯한 괴성의 연속, 날카롭게 벼려진 칼날을 연상시키는 주황빛 불덩이의 질주, 하늘을 말아 올리는 것 같은 자욱한 연기, 그 연기에 묻어 바람을 타고 날아오는 역한 화약 냄새……들이 천지를 장악하고 있었다. 감히 아무도 말을 하거나 움직이려 하지 않았기 때문에 차라리 시간이 멈추어 버린 것 같은 적멸이 느껴질 지경이었다.

전망대에 앉은 사람들은 꼼짝도 하지 않고 앉아 정면만 똑바로 쳐다보고 있었다. 자리마다 쌍안경이 마련되어 있었지만 그걸 집어 들 엄두를 내는 사람은 아무도 없었다. 모두들 그 엄청난 힘의 시위 앞에서 겁에 질린 것일까. 넋이 빠져나간 표정들을 한 채 멈추어 있었다.

그들의 표정이 흡사 밀교의 의식에 참여한 광신자들의 그것과 닮았다고 말하면 사람들은 곧이듣지 않을지 모른다. 그러나 그들의 표정에서 내가 느낀 것이 무엇이었는지를 숨기고 싶지 않다. 그것은 거부할 수 없는 막강한 힘의 실체 앞에서 몸을 떠는 전율, 곧 숭배심이었다.

실제로 나는 그곳에 앉아 있던 중년 여인들의 환호를 들었다. 불덩이가 날고 포연이 하늘을 가리고 자신이 앉아 있는 바닥이 뒤뚱거리며 요동을 칠 때, 여자들은 어찌할 줄 모른 채 그저 입들을 딱 벌리고 정신없이 비명을 질러 대는 것이었다. 그녀들의 비명소리는 황홀경에 빠진 광신자들이, 자신이 무엇을 하는지도 알지 못하는 상태에서 무의식적으로 내지르는 외침과 너무 닮은 것처럼 내게는 느껴졌다. 그들의 표정 또한 광신자들의 그것과 조금도 다르지 않아 보였다. 저런 표정과 저런 환호성을 나는 열광적인 종교 행태를 강조하는 어떤 기도원에서 목도한 적이 있었다.

자신의 한계를 뛰어넘는 엄청난 힘의 실체를 목도했을 때 갖게 되는 사람들의 첫 번째 반응이란 아마도 공포일 것이다. 무엇인가를 할 수 있는, 아니, 무엇이든 할 수 있는 것이 힘임을 알고 있기 때문이다. 바로 그 공포심이 모든 경배 행위의 근원에 자리하고 있지 않던가. 숭배의 대상에 대한 숭배자의 기본적인 정서는 존경이나 신뢰가 아니라 공포심이 아니던가……. 그와 같은 공포심이 힘을 숭배하게 한다는 사실을 가장 확실하게 검증해 주는 현장에 나는 있었다. 저 엄청난 화력 앞에서 인간은 얼마나 무력하고 초라한가. 저 포탄이 한 번 떨어지는 것만으로도 우리의 육체는 열 번이 아니라 백 번도 죽어 없어질 것이다. 저 포탄이 만일에 약속된 표적을 향하지 않고, 혹시 실수로라도, 우리가 앉아 있는 전망대 쪽을 향해 날아온다면, 아, 그렇다면 어떻게 될 것인가. 인간의 육체란 얼마나 보잘것이 없는가……. 그리고 그처럼 쉽게 힘 앞에서 숭배의 자세를 결정해 버리는 인간의 정신이란 또 얼마나 허약한 것인가…….

실제로 나는 그 전망대에 앉아 있던 참관인들 중에 어떤 여자인가가 자리에 앉은 채로 오줌을 누어 버렸다는 사실을 공개할 수도 있다. 그녀가 국방부 장관의 부인이든, 아니면 어떤 여당 국회의

원의 부인이든 어이없고 민망한 일이긴 마찬가지일 것이다.

나는 군목과 함께 그 자리에 참석해서(군목은 그 행사에서 기도 순서를 맡았었다) 손님들을 위해 허드렛일을 거들어 주고 있었는데, 여자들이 앉아 있는 자리에서 웬 물줄기가 의자 밑으로 뚝뚝 떨어져 내리는 모습을 똑똑히 보았다. 그 모습을 먼저 발견한 사람은 사단 군종병이었고, 킥킥대며 웃어 대는 사진병에게, "자식, 저 모습 보면서 킥킥대는 걸 보니 너도 군대 밥을 한참 더 먹어야 세상 구경 하겠구나" 하고 말한 사람은 사단 정훈병이었다.

믿어지지 않지만, 해마다 행사가 끝나고 나면 전망대에 설치된 의자에 오줌이 흥건히 고여 있다는 것이 그의 설명이었다. 어떤 양반의 부인인지는 몰라도 어쨌든 힘깨나 쓰는 위인의 부인이 퍼질러 놓고 간 오줌 냄새에 대해 이야기하면서 사병들은 조금 낯뜨거운 농담을 주고받는다고 했다. 가령 이 여자는 밤의 체위가 여성 상위일 것이라든지, 픽도 색을 밝혀서 남편이 고생깨나 하겠다든지……. 감히 얼굴도 한번 정면에서 바라볼 기회를 갖기 어려운 높으신 양반들의 여자를 소재로 해서 듣기 거북한 농지거리를 주고받는다는 사실이 이상한 쾌감을 제공하는 것이리라. 사병들은 마치 그 여자를 데리고 하룻밤쯤 잠을 자기라도 한 것처럼 한껏 과장해서 떠들어 대기도 한다고 했다. 아예 그 여자의 성생활에 대해서는 모르는 게 없다는 투가 되어 버린다는 것이었다.

"우라질 년, 웬간히 싸지. 저러다 한강 만들겠네."

마침내 사단 정훈병이 참지 못하고 그렇게 뱉어내었을 때 나는 그 담화의 분위기와는 다소 동떨어진 기억을 다시 더듬고 있었다. 열광적으로 손뼉을 치고 춤을 추고 알아먹기 힘든 언어로 괴성을 질러 대던 그 뜨거운 분위기의 기도원에서 나는 또 목격했었다. 황홀경의 상태를 참아 내지 못하고 마침내 오줌을 내질러 버리던, 멀쩡하게 잘 차려입은 독실한 신도들을…….

그때 나는 저주받을 비밀이라도 접하게 된 것처럼 가슴이 쿵쿵거리며 뛰었었다. 어느 정도의 격렬함이, 어느 만큼의 감격스러움이 오줌조차 주체하지 못하게 하는 걸까. 몸과 정신을 얼마나 던져서 숭배해야 저러한 황홀경의 선물을 얻게 되는 걸까……. 나는 그 생각을 하면서 갑자기 공포가 엄습하는 걸 느꼈었다. 차갑고 낯선 공포…… 아, 그것은 금단의 나무를 부지불식간에 만져 버린 자의 공포였다. 죄의 대가로 조금씩 황폐해져 가는 자신의 영혼을 바라보며 어찌할 바를 몰라 하는 바로 그 공포와 너무나 닮아 있었다.

나는 몸을 웅크리고 그 자리를 피해 버렸다.

장갑차는 한없이 지나갔다. 낮 동안의 일들을 곰곰이 곱씹어도 한참이나 더 지나도록 그것은 공룡과 같은 무시무시한 힘을 과시하며, 쿠르릉거리며, 땅과 공기를 뒤흔들며 무겁게 지나가고 있었다.

나는 그 장갑차가 다 지나갈 때까지 흔들리지 않도록 식탁과 식기를 꽉 붙잡고 있을 생각이었다. 식기 옆에는 희규의 물건들—

노트와 다자이 오사무의 책이 놓여 있었다. 의무대에서 가져온 것이었다. 그 노트에 무슨 내용의 글들이 적혀 있는지 나로서는 아직 알 수가 없었다. 희규는 소설을 쓰겠다고 했고, 제목이 뭐냐는 나의 질문에 서슴없이 '개들은 발톱을 가졌다'라고 대답했었다. 물론 그는 그전에 다른 제목을 말했었다. '목록에 대한 이유 있는 항변'이었을 것이다. 그런데도 어쩐 일인지 나는 '개들은 발톱을……'만을 떠올리곤 했다. 반드시 그 때문만은 아니지만, 그 순간에 나는 희규가 자신의 여자에게 그려 보냈다는 그 그림 편지 속의 거대한 형상을 떠올렸다. 그 형상은 개였다. 수많은 개들이 모여 이루고 있는 거대한 개의 형상. 개의 탑. 개의 동상…….

장갑차들의 난폭한 발걸음은 쉽게 멈출 것 같지 않았다.

희규는 결국 병원으로 후송되어 갔다. 여단장에게 의무관이 대들다시피 해서 마침내 승낙을 얻어 냈다고 했다. 더 그대로 두었다가는 송장을 치우게 될지도 모른다는 의무관의 말에는 여단장도 은근히 겁이 났던 모양이었다.

나는 화력 시험장에 군목을 따라가느라고 떠나는 그의 모습을 보지 못했다. 워낙 갑자기 되어진 결정이어서 나로서도 어떻게 해볼 수가 없었다.

훈련장에서 돌아오자마자 나는 의무대부터 들렀는데, 희규의 자리는 비어 있었다. 비어 있을 뿐 아니라 깨끗이 치워져 있었다. 그의 후송 소식을 전해 준 것은 위생병이었다.

"그렇지 않아도 차에 오르면서 허 상병을 찾던데…… 가만 있자. 그 친구가 남긴 짐이 어디 있을 텐데…… 워낙 급히 서둘러 떠나는 바람에 그만 빠뜨린 모양이에요. 우리도 그 친구가 후송되리라는 걸 까맣게 모르고 있었다니까요. 언제 올지 모르지만, 허 상병이 보관을 하시는 게 좋을 것 같네요. 어때요? 싫다면 저희들이 임의로 처분해 버리고요. 보통 소각을 하지요. 환자가 쓰던 물건은 꺼림칙해서……."

그가 내민 것은 희규의 노트와 다자이 오사무의 『인간 실격』, 그리고 칫솔, 치약과 속옷 한 벌이었다. 그것들을 바라보면서 나는 설명하기 힘든 외로움을 느꼈다. 무엇 때문인지 다시는 그를 보지 못할 것 같은 예감이 들었다. 나는 노트와 『인간 실격』을 받아 들고 나머지는 알아서 하라고 했다. 그러고는 곧바로 식당으로 향했다. 한 일도 없었는데, 그래도 훈련장에서 돌아온 길이라고 배 속이 헛헛했다.

장갑차들이 한동안의 시위를 끝마치고 돌아가자 나는 서둘러 식기를 비우고 곧장 교회로 올라갔다. 희규의 소지품들을 교회에 갖다 놓고 내무반으로 내려갈 참이었다. 교회로 올라가면서 나는 그의 노트를 펼쳐 보았다. 노트는 반쯤 채워져 있었다. 그는 소설을 쓸 것이라고 했다. 그렇다면 이것은 그의 소설 원고일 것이다. 하지만 벌써 소설을 다 썼을 것 같지는 않았다.

나는 기회를 만들어서 노트와 책을 그에게 돌려줘야겠다고 생각했다. 그것들은 지금의 그에게는 무엇보다 소중한 물건들일 것이었다.

나는 그가 쓴 소설을 읽어 볼 수 있게 되기를 바라고 있었다. 나는 진심으로 그가 자신의 소설을 완성하게 되기를 소망하고 있었다. 그러기 위해서라도 노트는 그에게 전달되어야 한다고 생각했다.

2

그대들은 무엇 때문에 나를 불 속으로 집어넣으려 하는가. 몰록에 대한 그대들의 숭배가 어리석고 사악한 짓임을 선포한 때문인가. 아니면 집단에 대한 혐오를 공개적으로 드러낸 데 대한 원한 때문인가. 아무래도 좋다. 그렇게 원한다면 나는 죽겠다. 우리의 아이들을 불 속으로 밀어넣느니 차라리 내가 불 속에 던져지는 편을 택하겠다. 그러나 내게 최후로 변론할 기회를 달라. 나의 죽음에 단순한 인신 희생(人身犧牲)의 오명이 붙어질까 두려운 까닭이다. 나의 죽음 또한 나의 말이며, 가장 강력한 말임을, 그대들은 기억해야 할 것이다…….

희규의 노트에 적힌 글자들은 하늘색이었다. 하늘색 볼펜으로 또박또박 박힌 글씨들을 나는 천천히 읽어 내려갔다. 일요일 오후였고, 예배를 끝낸 군목은 관사로 돌아가고 없었다.

연병장에서는 웃통을 벗어젖힌 사병들이 공을 쫓아 이리저리로 뛰어다니고 있었다. 그곳으로부터 자주 함성이 들려왔다. 나른한 기운이 몸을 감싸 돌고 있었다. 저녁 예배가 시작될 때까지는 비교적 자유로운 시간이 보장된 셈이다. 나는 사병들의 함성 소리를 흘려들으며 희규의 노트를 집어 들었다. 희규가 병원으로 후송된 지 사흘이 지나 있었다. 그동안 몇 차례 마음이 있었지만 그 노트를 꺼내 읽을 만한 시간적 여유가 없었다.

그의 글들은 첫 문장부터 낯설었다. 공개적인 죽음의 자리에서 죽음을 앞두고 행하는 한 인물의 변론이 그 글의 내용인 듯했다. 이게 그가 쓰겠다고 말했던 그 소설일까…….

……그대들은 나를 신성 모독과 내란 음모의 혐의로 기소했다. 그대들의 신이며 왕인 몰록에 대한 경배를 거부했다는 이유로. 몰록 신상의 제거를 모의했다는 이유로……. 그것이 어떻게 신성 모독이고 내란 음모가 되는지를 말할 수 있는가. 몰록이 그렇게 말했기 때문이라고 대답하려 하는가? 몰록이라니? 대체 어떤 몰록을 말하는가. 이 언덕에 세워진 신상이 말을 한단 말인가? 신상이 말하는 걸 들었는가? 우매하고 불쌍한 대중들이여. 신상은 말을 할 줄 모른다는 사실을 왜 인정하려 하지 않는가…….

너무 소란스럽게 떠들 것 없다. 어차피 나는 죽을 몸이 아닌가. 나는 이렇게 묶여 있고, 너희들은 곧 나를 저 불 속에다 집어넣을 것이 아닌가. 무엇을 두려워하는가. 죽기 위해 밧줄에 묶여 있는 이 초라한 노인에게 겁을 먹는단 말인가……. 좋다. 그대들이 그렇게 인정하기를 주저한다면, 그대들이 상기하기를 두려워하는 기억을 내가 그대들에게 생각나게 해 주겠다. 그럼으로써 신성 모독과 내란 음모라는, 내게 씌워진 이 죄목이 더러운 올가미임에 다름 아님을 증명해 보이겠다.

오래전부터 나는 그대들의 예언자였다. 우매하고 불쌍한 대중이여, 잊었는가. 천혜의 바다와 산, 기름진 땅, 온화한 기후……. 우리들의 이 작은 나라는 하늘이 축복한 땅이었다. 들판이나 강이나 바다나 산이나 어디든지 팔을 뻗으면 풍성한 식물(食物)을 얻을 수 있었고, 마음만 먹으면 대륙과 바다, 그 어느 쪽으로도 자유롭게 진출해 나갈 수 있었다. 기억해 보라. 이 아름답고 축복받은 반도에서 우리가 얼마나 평화스럽게 살아왔는지를.

그대들은 모두 다 자유인이었다. 자유인이라 함은 그대들 각자가 자신의 삶의 주인이었다는 뜻을 포함한다. 또한 그대들은 모두 평등했다. 누구도 다른 사람 위에 군림하지 않았고, 그러려고도 하지 않았다. 자기 삶의 주인이 되는 것으로 족했다. 여러 모로 전혀 오늘날과 같지 않았다.

우매하고 불쌍한 대중들이여. 그때 우리에게 왕이 있었느냐. 없었다. 왕은 조금도 필요하지 않았다. 그래서 그 시절에 우리가 불행했는가. 냉정하게 생각해 보라. 아, 그대들은 기억도 할 수가 없는가. 기억도 할 수 없는 상태에 빠지고 말았는가. 그대들 가운데 절반은 태어나지도 않았기 때문에 기억을 한다는 것이 불가능할 테지만, 나머지 절반은 어쩐 일인가. 너무 오랫동안 그 시절을 회고하는 일조차 금지당한 채 살아와서 기억을 더듬을 수가 없다는 것인가……

우매하고 불쌍한 대중들이여. 그대들의 비참은 그대들이 자초한 것이었다. 우리에게 왕을 달라고 하소연하던 그대들의 부탁을 마지막까지 꺾어 내지 못한 나 자신이 한스럽구나.

무엇이 그대들에게 그러한 열심을 갖게 했는지를 전혀 모른다는 것은 아니다. 나는 오래전부터 그대들의 예언자였다. 나는 하늘로부터 받은 신탁을 그대들에게 전해 주며 저 언덕 위에서 홀로 살아왔다. 나 역시 그대들이 자유로운 것처럼 자유로웠고, 그대들이 평화로운 것처럼 평화로웠으며, 그대들이 행복한 것처럼 행복했다. 나는 그대들 가운데 있었고, 그대들 옆에 있었다. 그대들이 아래로 내려서는 걸 원치 않았던 만큼 나는 한 번도 그대들 위로 올라서려고 해본 적이 없었다. 그런 내가 왕을 요청하던 그대들의 마음을 어떻게 모른다고 말할 수 있겠느냐.

그대들은 그 무렵 빈번하게 들이닥치던 이웃 나라의 약탈 앞에서 우리가 무방비 상태로 노출되어 있음을 염려했다. 똑똑히 기억한다. 레벤이라고 하는 태평스러운 국경 마을에 히치국의 야만적인 침략이 있고 나서 그대들은 내게 몰려들었다. 그 심정을 내가 어찌 이해하지 못하겠는가.

하지만 생각해 보라. 우리에게 그러한 침략이 한두 번 있었는
가. 거인 같은 왕이 다스린다는 포에니, 여섯 명의 추장이 있어 영
토를 나누어서 지배한다는 에두나, 그리고 천 리를 달려도 끄떡없
다는 바란 장군이 이끄는 코사르들의 군대가 쳐들어올 때마다 우
리는 자발적으로 나서서 물리치지 않았는가. 나라가 위기에 처할
때마다 하늘은 우리에게 영감받은 지도자들을 보내 주어서 퇴치
할 수 있게 해 주었다. 그런데도 그대들은 히치국 사람들이 레벤
이라는 성읍에 불을 좀 지른 걸 보고 겁에 잔뜩 질려서 내게 달려
왔었다.

"우리에게도 왕을 세워 달라."

"우리에게도 우리들 자신과 우리의 재산을 보호하고 우리를 다
스릴 왕이 필요하다."

그대들의 용렬한 아우성이라니…… 그대들에게는 우리를 침
략한 나라들이 한결같이 강력한 왕권을 중심으로 한 사회라는 사
실이 그토록 인상적이던가. 그 나라들이 다른 나라를 침략할 수
있는 것은 그 나라들에 힘이 넘치기 때문이며, 그것은 곧 그 체제
의 효율성이라고 단정해 버리는 그대들의 표피적인 사고방식을
나는 견딜 수가 없었다.

그대들은 폭력이 힘의 문제가 아니라 근성의 문제임을 이해하
려 하지 않았다. 힘이 없는 자도 얼마든지 폭력을 쓸 수 있는 법이
다. 반대로 폭력을 쓰지 않는다는 것이 곧바로 힘이 없다는 뜻은

되지 않는다. 그러나, 그대들은 이해하려 하지 않았다. 이웃 나라를 침략하는 것은 그들에게 힘이 넘쳐서가 아니라 그들이 왕을 섬기고 있기 때문이라는 사실을……

왕은 자신의 힘을 과시하고 싶어하고, 이웃 나라들을 점령해서 제국을 건설하기를 꿈꾼다. 왕국의 목표가 제국이라는 것을 아느냐. 설령 제국을 이룰 능력이 없다 하더라도 왕은 전쟁을 마다하지는 않는다. 왜 그런가. 그렇게 함으로써만이 백성들을 적절히 통제할 수 있기 때문이다. 우리들에게는 매우 낯선 단어였던 통제와 지배야말로 왕이 중심이 된 나라에서는 가장 빈번하게 쓰이는 말이었다.

우리도 왕을 세워서 강력한 나라를 만들게 해 달라고 아우성치는 어리석은 그대들은 마치 우리도 어서 군대를 만들어서 이웃 나라를 침략해 들어가자고 종용하는 것처럼 내게는 들렸다. 내가 어떻게 그대들의 요구를 들어줄 수 있었겠는가.

왕을 세워야 하는 또 하나의 이유로 그대들은 우리 사회가 제각기 자기 좋을 대로만 처신하여 질서가 바로잡히지 않는다는 구실을 내세웠다. 하긴 그런 면이 전혀 없었던 것은 아니다. 사람들은 자기 식대로 자기의 삶을 살고자 했고, 그러다 보니 공동체의 일을 하는 데 있어서 덜 효율적이었던 것은 사실이었다. 또 자잘한 다툼도 없지는 않았다.

그렇지만, 그만한 불편쯤은 빈틈없이 짜인 조직에 따라 일사불

란하게 움직이는 왕권 국가의 획일적인 체계를 생각하면 얼마든지 참아 낼 수 있는 것들이다. 우매하고 불쌍한 대중들이여. 그대들의 그 일사불란하고 획일적인 체제에 대한 막연하고 맹목적인 동경은 무엇이었는가. 그대들은 우리들 사회의 다소간의 무질서가 사실은 우리들이 누리는 자유의 소산임을 이해하려 하지 않았다. 자기가 가지고 있는 것은 귀한 줄 모른다는 옛말이 있다지만, 어떻게 그렇게 우매할 수 있단 말이냐. 자유를 버리고 통제의 대상이 되겠다니, 이것이야말로 금을 주고 똥을 사겠다는 어리석음에 비길 만한 일이 아닌가. 그대들을 인간이게 하는 것이 자유임을, 자유가 있어서 그대들이 인간일 수 있음을 강변하는 나의 설득에 대해 그대들은 코웃음으로 응수했다.

나는 진정으로 슬펐다. 아, 하늘보다 소중한 자유를 버리고, 그저 '다른 나라들처럼' 되고 싶어 하는 그대들에게 나는 지치고 실망하고 또 절망하였다.

그러나 나는 실망하고 절망한 채로 있을 수만은 없었다. 나는 어떻게 해서든 그대들의 마음을 돌려야 한다는 책무를 느꼈다. 그때 내 머릿속으로 하나의 우화가 떠올랐다. 그 우화는 나의 스승이 오래전에 내게 들려준 것이었다. 스승은 이웃 나라의 오래된 전승 속에서 그 우화를 찾아냈다고 했다. 그 나라에도 한 예언자가 있어서 왕을 요구하는 대중들의 우매함을 염려하고 있었던 모양이다. 그리고 나의 스승은 미리부터 그대들이 왕을 요구하리라는 사실을 예견하고 계셨는지 모른다. 그때를 위해서 스승은 내게 그 우화를 들려주었을 것이다. 그 우화를 기억하는가, 그대들…….

하루는 나무들이 자기들의 왕을 세우기로 결의하였다. 그들은 먼저 올리브 나무에게 가서 "우리의 왕이 되어 주게나!" 하고 요청하였다. 그러나 올리브 나무는 그 요청을 사양했다.

"나에게서 나오는 기름은 신과 사람을 영화롭게 하는데, 내가 어찌 기름을 내지 않고 이 자리를 떠나 너희를 다스리겠느냐?"

그래서 나무들은 무화과나무에게로 갔다.

"우리의 왕이 되어 주게나!"

그러나 무화과나무도 고개를 저었다.

"내가 어떻게 달고 맛있는 과일 맺는 일을 버리고 이 자리를 떠나 너희를 다스리겠느냐?"

다음으로 그들은 포도 나무에게 가서 왕이 되어 달라고 요청했다.

"우리의 왕이 되어 주게나!"

그러나 포도 나무도 사양하기는 마찬가지였다.

"내가 어떻게 신과 사람을 기쁘게 하는 포도주 산출을 버리고 이 자리를 떠나 너희를 다스리겠느냐?"

그리하여 모든 나무들이 이번에는 가시나무에게 가서 왕이 되어 달라고 청하였다.

"우리의 왕이 되어 주게나!"

그러자 가시나무는 대답하였다.

"너희가 정말로 나를 왕으로 모시고 싶은가. 진정으로 그러하다면 내 그늘에 숨으라. 그렇지 않았다가는 내 가시덤불에서 불이 나와 너희를 삼켜 버릴 것이다."

우매하고 불쌍한 대중들이여. 나의 간절한 설득에도 불구하고 그대들은 거의 나의 말을 듣지조차 않았다. 그대들은 막무가내로 악다구니를 쳤다.

"그래도 좋소. 가시나무 왕이라도 좋소. 가시나무 그늘에라도 기꺼이 들어가겠소. 우리는 왕을 섬겨야겠소. 그래서 우리도 다른 나라들처럼 되어야겠소. 우리를 다스릴 왕, 전쟁이 일어나면 우리를 이끌고 가서 싸워 줄 왕을 우리에게 세우시오. 어서 신탁을 물으시오. 우리들 가운데서 누가 왕이 되어야 하는지를 물어보시오. 우리가 그를 섬길 것이오."

나는 최후로 그대들에게 경고했다. 그대들의 왕이 되는 자는 결국 올리브 나무나 무화과나무나 포도 나무가 아니라 가시나무일 것이라고. 나는 경고했다. 그 가시나무 왕이 그대들을 어떻게 다스릴 것인가를. 그대들은 왕의 종이 되어 시달릴 것이며, 왕은 그대들의 재산과 자녀까지 빼앗아 갈 것이다. 그대들과 그대들의 아들들은 싸움터에 불려 나가 왕을 위해 싸우다가 죽을 것이다. 왕은 그대들의 목숨까지도 지배할 것이다. 그대들은 자유를 잃고 오로지 끝없이 복종할 의무만을 지게 될 것이다. 그대들은 자유로운

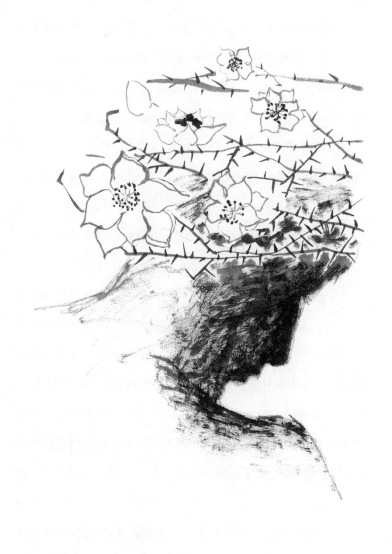

인간이기를 그치고 획일적인 틀 속의 부품으로 전락해 버릴 것이다…….

그대들은 고함을 지르고 옷을 찢으며 고집을 부렸다. 그래도 좋소. 우리는 왕의 다스림을 받아야겠소. 우리는 왕의 그늘 밑으로 들어가야겠소. 우리는 왕을 섬길 테요. 왕이 명령하면 복종할 테요. ……그대들의 무분별한 완강함에 나는 기가 질렸다.

나는 이미 내 힘으로는 어떻게 해볼 도리가 없음을 깨달았다. 그대들의 고집에 승복할 수밖에 없는 상황이었다. 그러나 내 손으로 왕을 세울 수는 없다고 나는 생각했다. 나는 이 평화로웠던 소국에 들이닥칠 일들을 두려워하고 있었다. 그러나 더 이상 내가 할 일을 찾을 수가 없었기 때문에 나는 미련 없이 언덕을 내려왔다.

그대들은 마침내 왕을 뽑았다. 왕이 된 자는 포에니가 침공해 왔을 때 그들을 쫓아내고 국경 근처까지 쳐들어가 살육을 하고 돌아왔던 몰록이란 자였다. 나는 처음부터 일이 뒤틀리고 있음을 눈치 챘다. 몰록의 선출은 내가 생각하기에 최악의 선택이었다. 나는 그가 포에니에 맞서 싸우면서 포에니의 군대를 쫓아내는 데 만족하지 않고 악착같이 포에니의 영토까지 추격해 들어가서 약탈을 해 왔다는 소식을 들었을 때부터 몹시 위험한 성품의 소유자라고 경계를 해온 터였다. 그가 왕이 된 내막에 무언가 추악한 모의가 숨어 있지 않은가 의심을 품기도 했음을 굳이 감추고 싶지 않다. 나는 그가 왕이 된 것을 스승의 우화 속에 나오는 가시나무의 왕권 수락으로 해석했다.

그런데도 그대들, 우매하고 불쌍한 대중들은 왕이 즉위하던 날이라며 잔치를 베풀었다. 먹고 마시기를 일주일…… 그리고 그대들은 마침내 왕의 지배를 받기 시작했다.

왕이 맨 처음에 내린 지시는 한 가정에서 한 사람씩 장정을 징집하는 일이었다. 이웃 나라의 침략으로부터 나라의 안정을 지키기 위해서는 조직된 군대를 만드는 일이 무엇보다도 급선무라는 왕의 주장은 그대들이 입이 닳도록 외치던 요구 사항이기도 했다. 그대들은 거부하지 않았다. 그대들은 기꺼이 왕의 명령에 따랐다. 그대들은 막강한 힘을 가진 나라를 꿈꾸고 있었다. 포에니나 에두나와 같은, 또는 코사르와 같은, 남의 나라를 넘볼 수 있을 만큼의 힘을 가진 나라…….

그대들은 그래서 계속되는 왕의 요구에도 군말 없이 복종했던가. 무기를 제작하고 기병의 장비를 만들기 위한 공출로 농가에 농기구가 없어질 지경이 되었다. 삽과 보습을 녹여 칼과 창이 만들어졌다.

그리고 그대들은 난생처음으로 세금이라는 것을 물어야 했다. 왕이 그대들을 보호해 주기 때문에 마땅히 그에 대한 보답을 해야 한다는 해괴한 논리에 대항하는 사람은 아무도 없었다. 그때는 이미 마을 단위까지 퍼져 들어간 조직이 그대들을 세뇌시킨 다음이었던 것이다. 군대를 위해 그대들과 그대들의 아들들이 징집되고

그대들의 식량과 무기가 징발되어 그대들의 허리가 휠 지경이건
만, 왕이 보호해 주는 대가로 따로 수확물의 반이나 되는 과도한
세금을 내야 한다니, 그런 법이 어디 있단 말인가……. 그대들의
힘으로 유지되는 군대이니 왕이 오히려 그대들에게 세금을 내야
할 것이라는 생각을 한 번이라도 해본 적이 있는가. 우매하고 불
쌍한 대중들…… 말해 무엇 하겠는가. 그대들은 그때 이미 왕이
곧 법이라는 왕권 체제의 황금률에 뇌수까지 전염된 다음이었다.

왕은 자꾸만 전쟁을 벌였고, 그만큼 그대들의 부담을 커져 갈
수밖에 없었다. 전쟁이란 본시 이기기도 하고 지기도 하는 것이거
니와 이기거나 지거나 필요한 것은 병사들이고, 병사들이 사용할
무기들이고, 그들이 먹을 식량인 것이다. 그것들을 공급해야 할
짐은 전적으로 그대들에게 지워졌다.

그리고 그 막강해진 군대는 곧 왕의 힘의 상징이 되었다. 군대
들은 전쟁터에서 적들과 싸웠지만, 그것은 또한 내부적으로 그대
들에 대한 위협의 수단이기도 했다. 우매하고 불쌍한 대중들이여.
그대들은 그대들에 의해 만들어진 군대가 왕의 권력을 과시하는
도구가 되면서 거꾸로 그대들을 효과적으로 통치하는 데 이용되
고 있었다는 사실을 그렇게도 깨닫지 못했는가. 왕은 군대의 힘을
과시해 보임으로써 그대들의 입을 틀어막고 그대들을 온순하게
길들이고 있었던 것이다.

내가 예언한 대로 그대들은 왕의 노예가 되었다. 긴 시간이 필

요하지 않았다. 많은 재산과 부가 왕궁의 창고에 쌓여 가고 있는 반면에 그대들과 그대들의 어린 자녀는 식량이 없어 굶주리고 있었다. 위대한 한 왕과, 그 왕에게 빌붙어 사는 소수의 측근들을 제외한 모든 사람이 노예인 제도, 그것이 바로 그대들이 그렇게도 열망하던 왕권 국가의 실체이다.

그대들은 행복했는가. 아, 그래, 그대들은 이제 더 이상 이웃 나라의 침략을 당하지 않아도 되었다. 왕의 군대(그대들로부터 나온 군대를 그대들은 어째서 한사코 왕의 군대라고 부르는가!)가 그대들을 지켜 주었고, 그대들은 왕에게 감사했다. 그래서 행복했는가…….

왕은 걸핏하면 이웃 나라인 포에니나 에두나나 코사르의 침공에 대비해야 한다며 그대들의 부담을 요구했고, 그대들의 입을 단속했다. 그대들은 왕의 통치를 비난하는 말을 한마디도 입에 담을 수가 없었다. 혹시 그대들 중에 누군가가 불만이라도 털어놓을라 치면, '왕의 군대'가 가차 없이 연행해 갔다. 그런 사람은 이웃 나라의 첩자라는 이유로 처형되거나 강제 노동소로 보내지거나 했다. 그대들은 처형당해 광장에 세워진, 이른바 첩자를 향해 치를 떨며 분노하고는 했다. 그렇다. 그대들에게 안정과 안보는 하나의 신화였다. 신화는 언제나 하나의 덫에 다름 아님을 우매하고 불쌍한 그대들은 깨닫지 못한다.

몰록의 형상이 이 언덕 위에 갑자기 출현하면서 왕이 신으로 둔

갑하는 무렵의 일화에 대해 그대들이 줄기차게 견지하고 있는 그 경외감의 터무니없음을 어떻게 이해시켜야 할지 암담하다. 나는 그대들에게 지금 서 있는 무책임한 군중의 자리를 비켜 나와 고귀한 정신을 지닌 하나의 인간으로서 기억하고 사고해 주기를 진심으로 충고한다.

나는 더 말하겠다. 저 불이 나를 삼킬 때까지는 진실을 말하지 않을 수 없다. 그대들이 자신들도 모른 채 뒤집어쓰고 있는 허위의 실체를 벗어던질 수 있게 되기를 희망하면서. 물론 헛된 희망일지 모른다. 그렇더라도 나는 포기하지 않겠다.

그 거대하고 무시무시한 형상을 한 몰록의 갑작스러운 출현 앞에서 그대들은 벌벌 떨었다. 기억나는가. 그대들은 그 모습을 보자마자 스스로 압도되어 무릎을 꿇고 절을 하기 시작했다. 그럴 만도 했으리라는 짐작이 아예 없는 것은 아니다. 어느 날 아침에, 솟아오른 태양빛을 받아 금빛의 광채를 눈부시게 발산하고 있는 그 거대하고 무시무시한 형상을 보고 누군들 압도당하지 않을 수 있었겠는가.

그대들은 초자연적인 기적으로 받아들이기를 망설이지 않았다. 기적 앞에서 사람들은 두려움으로 몸을 떨게 마련이다. 초자연적인 사건은 사람의 정신을 훼손시키고 합리적인 이성을 마비시켜 버린다. 그대들은 떨며 경배하며, 그 금빛 신상의 가슴에 음각으로 파인 선명한 글씨를 읽었다.

'우리들의 왕, 전능한 통치자, 몰록.'

오, 위대한 몰록! 몰록은 그렇게 하여 그대들의 신이 되었다. 스스로 신이 되었다. 아니다. 그는 그대들에 의해 신이 된 것이다.

왕은 그대들의 공포심과 외경심을 간파했다. 왕은 지체 없이 그대들에게 자신이 그대들의 신임을 선포했다. 땅속에서 솟아난 저 신상의 가슴에 새겨진 선명한 글씨야말로 움직일 수 없는 증거였다. 왕은 말했다. 나는 신이다. 나는 너희의 삶과 죽음과 부와 명예를 관장하는 몰록 신이다. 일찍이 나는 인간의 옷을 입고 이 땅에 와서 너희들의 생명을 지키기 위해 싸워 왔다……. 너희들은 내 발 아래 엎드려야 한다. 너희들은 나를 살아 있는 신으로 경배해야 한다……. 그대들은 환호했다. 그대들이 몰록을 왕으로 뽑았을 때처럼…….

내가 그대들 앞에 다시 모습을 나타낸 것은 어린아이를 불 속에 집어 던져 넣었다는 이야기를 듣고부터였다. 무엇을 위해서도 사람을 바칠 수는 없는 것이다. 그것이 내가 배웠고, 체득했고, 아직까지 견지하고 있는 인간에 대한 이해이다. 사람을 살리는 것, 그것이 최선이다. 사람의 목숨을 제물로 바치기를 바라는 것이라면, 그것은, 그것이 무엇이든, 이념이든 신이든 왕이든, 그 밖에 무엇이든 악이다. 나는 그렇게 배웠고, 그렇게 체득했고, 아직까지도 그렇게 견지하고 있다.

나는 그대들의 광신주의가 어디까지 가려는 것인지 불안을 느졌다. 용서하라, 나의 주제넘음을. 나는 그대들을 미망에서 건져 내야 한다고 생각했다. 그때부터 나는 그대들이 자기 살을 뜯어 바치며 경배하는 저 몰록이 하나의 쇠붙이에 다름 아님을 수없이 설파하기 시작했다. 저 쇠붙이를 내세워 그대들을 경배하게 함으로써 왕은 절대 왕정을 이룩한 것이다. 왕의 신격화를 통한 권력의 절대화는 그대들 군중들의 우매함의 도움을 받아 너무나 쉽게 달성되어 버린 것이다.

기억하라. 힘이 한쪽으로 집중할 때 그 힘은 언제나 악을 생산한다. 예외란 없다. 자, 보아라. 그대들은 노예이고, 왕은 신이다. 이제 왕이 곧 신이 되어 버리지 않았는가. 신이 곧 왕이 아닌가. 신인 왕을 누가 감히 거스를 수 있겠는가…….

그대들은 어쩌면 그렇게도 완강하게 내 말을 들으려 하지 않던지……. 진리를 전달할 수 있는 통로가 아예 사라져 버린 사실을 알고 나는 당황했다. 그대들은 내게 돌을 던졌고, 그렇지 않으면 미친 영감 취급을 했다. 내가 미쳤단 말인가. 그대들이 아니라, 내가……?

나는 마침내 그 쇠붙이를 쓰러뜨려 버릴 결심을 했다. 그렇게 함으로써 몰록 상이 한낱 쇳덩이에 불과하다는 사실을 그대들에게 확인시키려고 했다. 다행히 나의 의견에 동조하는 젊은이가 몇명 있었다. 이 광신과 맹목의 시대에 그들 젊은이의 존재는 눈물이 나도록 소중하게 생각되었다. 나는 그들과 함께 깜깜한 밤중을 이용하여 몰록 상이 있는 언덕에 가 보았다. 우리는 밧줄을 던져 그 몰록의 형상을 쓰러뜨릴 생각이었다. 그러나 그것이 불가능하다는 사실을 우리는 금방 깨달았다. 몰록 상은 너무 거대하고 무거웠을 뿐만 아니라 그곳에는 경비병까지 여러 명 서서 지키고 있었다. 우리는 밧줄 던지는 걸 포기하고 돌아왔다.

하루 동안 생각한 끝에 우리는 몰록 상의 가슴에 적힌 글씨만을 지워 없애기로 결정하고, 이튿날 다시 그곳으로 갔다. 그 현장에서 나는 경비병들에게 체포된 것이다. 젊은이들은 모두 달아났다. 나는 그들에게 일단 몸을 피할 것을 당부했다. 그들은 언젠가 내가 하려던 일을 해야 하기 때문이다. 그들이 결국 그 일을 해낼 것이다. 나는 그렇게 믿는다. 왜냐하면 그들은 곧 역사이기 때문이다. 내가 그들을 믿는다 함은 곧 역사를 믿는다는 뜻에 다름 아니다. 그리하여 역사가 증거할 것이다. 신성의 가면을 뒤집어쓴 더러운 권력의 손이 어떻게 인간을 파괴했는지를. 또 역사는 증거할 것이다. 우매한 그대들의 광신적인 힘 숭배 의지가 어떻게 폭군을 만들어 냈는지, 어떻게 성스러운 인간의 이름을 유린했는지…….

자, 그리고 그대들은 마침내 나를 이 자리에 세웠다. 신성 모독에 내란 음모라는 죄목으로……. 이상하다고 생각되지 않는가. 어째서 내가 행한 한 가지 행위가 관련없어 보이는 두 가지의 혐의를 동시에 받아야 하는지. 내란 음모는 정치적인 범죄이고 신성모독은 종교적인 범죄이다. 그런데, 내가 정치적이며 또 동시에 종교적인 범죄를 저질렀다는 말인가……. 내란 음모가 신성 모독과 함께 묶여서 기소된다면, 그것은 곧 신성 모독과 내란 음모가 한 가지 죄의 다른 이름에 불과하다는 사실을 표출한다. 그것은 또한 왕권이 이미 신성화되어 있음을 표출하기도 한다. 하지만, 어째서 신성 모독이고, 내란 음모인가. 한낱 쇳조각에 불과한 형상물에 산 사람을 바치는 짓이야말로 신성 모독이 아닌가. 신은 인간이 그처럼 함부로 다루어지는 것을 결코 용납하지 않을 것이다. 내란 음모 또한 가당치 않다. 내가 무엇을 했는가. 내가 무슨 짓을 했기에 내란 음모인가. 이 나라는 도대체 누구의 것인가. 인간들은 다 어디로 갔는가. 인간들은 다 어디로 가고 허깨비들만 웅성거리는가.

우매하고 불쌍한 대중들, 그대들이 원했다. 그대들이 왕을 원했고, 그대들이 지배받기를 원했다. 그대들이 왕을 신으로 만들었고, 숭배하기를 원했다. 그대들 스스로 자기 몸에 상처를 내고, 자기 아이를 제물로 바치기를 원한 것도 그대들이었다. 인간을 잡아먹는 식인의 신이 바로 그대들이 세운 왕이라는 사실을 그대들은 한사코 인정하려 하지 않는구나…….

이제 나는 지쳤다. 나는 죽겠다. 나를 삼킬 몰록의 불이 이글이글 타오르고 있는 모습을 본다. 하지만, 불은 나의 육체를 태우지만 나의 영혼까지를 태우지는 못할 것이다. 육체는 비록 몰록의 불에 태워질지라도 나의 영혼은 순결하게 정화되어 하늘로 올라

갈 것이다. 그대들의 가슴에 새겨 둘지니, 역사가 이 순간을 증거
할 것이다…….

3

임혜진, 그녀를 다시 만난 것은 내가 제대를 거의 눈앞에 두고
있을 무렵이었다.

그 무렵의 나는 운이 좋은 편이었다. 군목의 배려로 전역하기
넉 달 전에 일찌감치 신학 대학 출신의 조수를 받아 놓고 말년 휴
가까지 느긋하게 다녀온 데다가 말년이랍시고 가장 힘들다는 사
단 훈련에서도 열외되어 텅 빈 부대에서 쉬고 있었다. 제대 후에
는 직장을 잡을 것인가, 아니면 대학원에 진학을 할 것인가를 고
민하면서 내무반과 교회를 오르락내리락하고 있던 참이었다.

일요일 오후에 그녀가 면회를 왔다. 그녀가 나를 찾았다고 했다.
부대가 훈련 중이라는 걸 알지 못하고, 더욱이 희규가 이미 여기에
있지 않다는 사실을 모르고 찾아온 것이라고 나는 생각했다. 그렇
다면 희규와 그녀는 그동안 전혀 연락을 하지 못하고 지냈던가.

나 역시 희규에 대한 소식을 궁금해하고 있긴 했지만 그에 대해
전혀 아는 바가 없어서 그녀를 만나러 가는 일이 부담스러웠다.
희규의 노트를 읽고 난 후의 나의 느낌은 착잡함, 바로 그것이었
다. 그 글이 소설로서 얼마만 한 성취도를 이룩해 낸 것인지에 대해
서는(그는 소설을 쓰겠다고 했었다) 뭐라고 말할 수 있는 입장이 아

174

니다. 하지만, 글 전체를 지배하고 있는 격렬한 호흡과 긴장감, 그리고 그의 집요하면서도 일관된 사유는 나를 얼마만큼 감동시켰다는 편이 정확한 감상일 것 같다. 글을 다 읽고 노트를 놓았을 때, 내 눈앞에는 자신을 삼키기 위해 훨훨 타오르고 있는 불 앞에서, 광기와 미망으로 가득찬 대중들을 향해 노도처럼 질타해 대는 한 꼿꼿한 노인의 영상이 선명하게 떠올라 오랫동안 사라지지 않았다.

나는 그 노트를 그에게 전해 주어야 한다고 생각했다. 그래서 몇 차례 그와의 접촉을 시도했었다. 그러나 번번이 실패로 끝났다. 언제쯤 귀대할 수 있겠느냐는 나의 질문에 대해 위생병은, 아마도 그곳에서 제대하기 쉬울 것이라고, 그렇지 않더라도 내가 제대하기 전에 귀대할 가능성은 거의 없다고 전해 주는 것이었다.

위생병의 말이 옳았다. 그를 만날 수 있는 기회는 오지 않았다. 책상 서랍에 그의 책과 함께 넣어 둔 노트를 나는 가끔씩 펼쳐 보곤 했다. 그때마다 그를 만나고 싶었다. 하지만 그때뿐이었다. 나는 대부분의 경우 그를 잊고 지냈고, 마침내 제대 특명을 받아 놓고 있었다. 그런데 그녀가 나를 찾아온 것이다. 나는 서랍에서 희규의 노트와 책을 꺼내어 들었다.

PX 앞의 벤치에 우리는 나란히 앉았다. 그녀의 인상은 여전히 변하지 않은 것 같았다. 전에 나는 그녀에 대한 인상을 쓸쓸함이라고 표현했었다. 그 쓸쓸함이란 무엇이었을까. 혹시 그것은 내가 그녀에게서 느꼈던 거리감이 아니었을까. 거리를 두고 떨어져 있는 모든 것은 언제나 쓸쓸해 보이는 법이다. 만일에 섬이 쓸쓸하다면, 그것은 멀찍이 떨어져서 섬을 바라보기 때문일 것이다. 정작 섬의 한복판에 살고 있는 사람의 눈에는 오히려 육지가 쓸쓸하게 보일 것이라는 추측은 얼마든지 가능하다. 마찬가지로 자기 자신을 쓸쓸하게 느끼는 사람은 멀찌감치 떨어져서 자기를 바라보고 있기 때문이라고 말할 수 있을 것이다.

"오랜만이로군요. 희규와, 그동안 연락이 안 되었던 모양이지요. 그는, 여기 없는데……."

나는 그렇게 말을 꺼내었다. 그때 조금 쑥스럽다는 느낌은 왜 들었을까. 그녀는 고개를 들고 나를 쳐다보았다. 무엇 때문인지 그녀의 눈이 젖어 있는 것처럼 보였다. 병영에서 대하는 여자의 젖은 눈은 엉뚱하게도 선정적이었다. 나는 그녀의 눈을 피했다.

"알고 있어요."

"……."

"그는, 집에 있어요. 그는 벌써 집에 돌아왔어요."

"자세히 말해 주십시오."

나는 그녀가 무슨 말을 하는지 얼른 알아듣지 못했다. 희규가 집으로 돌아갔다고? 그가 의병 제대라도 했단 말인가. 만일에 그랬다면 어떻게 내가 그걸 모르고 있을 수 있단 말인가.

"수술을 거부했다나 봐요. 자기 몸에 손을 댈 수 없다고 하며 의사에게 욕설을 퍼부었대요. 왜 그랬는지 모르겠어요. 그는 불쌍하게도 정신이…… 어긋난 것 같아요. 얼마 전에는 자기 아버지를 죽이려고 했어요.”

“언제 그가, 그가 언제…….”

“집으로 돌아온 것은 두 달쯤 되었어요. 아버지한테 흉기를 휘두른 것은 지난주고요. 그 얘긴 지금 하고 싶지 않네요. 그냥 그의 정신이 온전하지 못하다는 것만 말씀드릴게요……. 병원에서 나와서 집으로 돌아갈 때 여기 들렀었어요. 희규가 아니고 제가요. 희규가 얼마나 자신의 노트를 찾던지……. 그는 벌벌 떨면서 말했어요. 그 노트를 그들이 보면 안 된다. 그들이 보기 전에 찾아내야 한다……. 그 노트라는 것에 대해 아는 바가 없지만, 왠지 군종병 아저씨를 만나면 될 것 같았어요. 그래서 그때 왔어요. 휴가 가고 없더군요. 헛걸음쳤지요.”

“그럼 오늘도, 그것 땜에?”

그녀는 고개를 끄덕이고, 낮은 목소리로 덧붙였다.

“그 노트에 무엇이 적혀 있기에 그러는지 모르겠어요. 아무렇지도 않다가도 가끔씩 그래요. 노트를 없애 버려야 한다고도 하고, 그들이 찾으면 없다고 하라고도 하고……. 그들이 누구냐고 물으면, 몰록이라는 낯선 단어를 입에 올리기도 해요. 그게 무어지요?”

“이 노트입니다.”

나는 그녀에게 희규의 물건들을 내밀었다. 노트와 책을 받아 든 그녀의 눈에 반짝 고이는 눈물을 나는 놓치지 않았다. 그녀의 눈은 젖어 있는 것이 아니라 실제로 눈물을 매달고 있었다. 이럴 때 나는 어떻게 해야 하나. 한 사람의 불행을 목도하는 자리에서 최선의 처신을 할 수 있는 사람이 있을까……. 더구나 그 불행에 나는 전혀 관계없다고 말할 수 없다. 그렇게 말한다면 그것은 패역이다. 나는 가슴이 찢어지는 듯한 통증을 느꼈다.

"내가 오길 잘했군요."

그녀는 핸드백을 열어 손수건을 꺼내었다. 나는 그녀를 외면하기 위해 몸을 일으켜 세웠다. 그러고는 PX 안으로 들어가 깡통에 든 오렌지 주스를 두 개 샀다.

그만 가 봐야겠다고 일어설 때까지 그녀와 나는 한마디의 대화도 더 나누지 못했다. 그녀의 입을 가로막은 것은 무엇이고, 나의 입을 가로막은 것은 또 무엇이었을까. 슬픔이거나 회한, 절망이거나 부끄러움, 또는 고통……. 나는 불쑥 그녀를 향해 말했다. 그 일을 시킨 것은 아마도 그 순간에 내 속에서 꿈틀거리던 회한이거나 부끄러움, 또는 고통이었을 것이다.

"곧 제대를 합니다. 다음 줍니다. 나가면 꼭 찾아가겠습니다. 연락처를 메모해 주십시오."

그녀는 한동안 대답하지 않고 가만히 있더니 『인간 실격』이라는 책의 표지를 열고 그 안에다가 주소와 전화번호를 적었다.

"먼저 저에게 연락하세요. 이게 저의 집이에요."

나는 호주머니를 뒤져 수첩을 찾았다. 그녀의 주소와 전화번호를 옮겨 적기 위해서였다. 수첩은 찾아지지 않았다.

그녀가 내 앞으로 책을 내밀었다. 나는 책을 받아 들었다.

나는 그녀를 역까지 바래다주지 않았다. 얼마든지 밖으로 나갈 수 있었지만, 왠지 그녀와 그 벌판길을 다시 걸어갈 용기가 생기지 않았다. 그때 그 길에서 그녀에게 물었던 질문을 나는 생각해냈다. 희규를, 사랑하나요? ……그것은 얼마나 어리석은 질문이었을까. 사랑하느냐고 질문한다는 것, 더구나 제삼자가 상대방의 사랑의 의사를 확인하는 것만큼 부질없고 사리에 맞지 않는 일이 있을 수 있을까. 어떤 경우에 그것은 차라리 잔인함이기도 할 것이다.

그런데도 나는 다시 그녀에게 묻고 말았다. 그처럼 부질없고 사리에 맞지 않고 잔인하기까지 한 질문을…….

"희규를, 사랑하나요?"

그녀는 물론 대답하지 않았다. 형언할 수 없는, 거의 운명적이라고까지 느껴지는 깊숙한 쓸쓸함을 그녀의 모습이 발산해 내고 있었다. 슬픔 같은 것이 나의 목구멍까지 차 올라왔다.

4
개들의 도시

1

K시에 도착했을 때는 벌써 어둠이 내려 있었다. 그녀는 대합실
에 미리 나와 나를 기다리고 있다가 버스에서 내리는 내 곁으로
다가왔다.

"오랜만이네요."

그녀는 가만히 고개를 숙여 보였다. 생각을 그렇게 해서 그런지
몹시 지쳐 보이는 얼굴이었다. 아주 먼 여행에서 이제 막 돌아온
여자 같다는 생각은, 네 시간 이상이나 고속버스에 시달려 온 나
의 의식이 자동적으로 떠올린 연상이었는지 모른다.

버스 안에서 나는 희규와 관련된 기억들을 하나하나 불러냈었
다. 기억들은 선명했지만, 그것들을 되새긴다는 것은 가슴이 이픈
일이었다. 하여 나는 여러 차례 기억의 재생을 중단하고 나 자신

에게 물었다. 지금 나는 무엇 때문에 이 길을 가는가. 정직하게는, 나는 내가 도망을 가고 있지 않은지를 묻고 싶었다. 그러나 두려움 때문에 그렇게 하지 못했다.

나는 알고 있었다. 희규는 구실이었다. 내가 진정으로 기대한 것은 내 앞에 들이닥친 현실로부터 얼마간의 거리를 두려는 데 있었다.

나는 소용돌이치는 시대의 격랑 가운데 중심을 잡고 서 있기가 너무 힘이 들었다. 나는 너무 왜소했고, 더할 수 없이 초조했다. 나의 의식은 한 발짝도 앞으로 내디디려 하지 않았다. 반드시 들이닥칠 고통을 기다리면서 잠을 이루지 못하고 안절부절못하던, 군대 시절의 그 빛바랜 기억을 무슨 암시처럼 늘 거느리고 다녔었다. 결국은 상황 속으로 깊숙이 빠져 들기를 기피하는 나의 용렬한 습성이 희규에게로 이끌었을 것이다. 희규의 죽음에서 감지한 어떤 비극적인 조짐조차도 실상은 그와 같은 습성의 반사 의식에 다름 아니었을 수 있다…… 이렇게 말하는 것은, 나의 불길한 암시의 영향력을 어떻게든 무화(無化)시켜 보겠다는 의도 때문인지 모른다.

말하자면, 나는 희규의 죽음을 부러 개인적인 틀 속에 가두고 싶어 하고 있는 것이다. 그들이 내 눈앞에서 상택을 끌고 가고, 군홧발로 나의 몸을 짓밟을 때 나는 망설임 없이 희규를 떠올렸다. 그것은 명백히 두 사건, 또는 두 인물 사이의 관련성을 감지하고 있었다는 뜻일 것이다. 그 둘은 동일한 의미망 안에 자리하고 있지 아니한가……. 아마도 그것이 그 좁은 카페의 의자들 사이에 쓰러져서 상택의 불가사의한 눈길을 반추하고 있을 때 순간적으로 나를 강타한 생각이었을 것이다. 그리고 그것이 진실일 것이다. 언제나 최초의 생각이 진실이다.

그러나 나는 곧 그 진실을 왜곡하기 시작했다. 나의 치졸함은 그 둘을 하나의 선 위에 자리하면서도 서로 반대 방향을 향해 달음질하는 대립자의 관계로 오해하기 시작했다. 나는 나의 의식 위에다 수평선을 긋고, 상택을 왼쪽에다가, 그리고 희규를 오른쪽에다 위치시켜 보려고 했다. 그때 내 속에는 막연하게 집단과 개인, 참여와 개별화의 구별이 들어와 있었다.

그녀와 나는 터미널을 빠져나와 공사를 하느라 여기저기가 파헤쳐진 도로를 걸었다. 저녁이 되면서 조금 선선한 바람이 불고 있었다. 그 바람 속에서 나는 사람의 눈물샘을 자극하는 미세한 분말들을 감지했다. 그것들은 나의 비강을 거쳐 체내로 들어가려 할 것이고, 그것들의 유입을 제지하기 위해서 나의 신경들은 파르르 긴장하다가 크게 재채기를 해댈 것이다.

"어디서 데모를 하나 봅니다."

나는 코를 킁킁거리며 주변을 두리번거렸다.

"오늘은 하지 않았지만, 공기 중에 배어 있어서 그래요."

아주 가까운 곳에서 성당의 종소리가 들렸다. 종소리는 날개가 없었다. 무질서하게 들어선 건물들과 탁한 공기의 막에 걸려 종소리들은 멀리 가지 못하고 도시의 바닥으로 후드득 떨어져 내리고, 사람들은 어깨를 부딪치며 분주하게 오가고 있었다.

그녀는 육교를 건너서 좁은 골목으로 얼마쯤 들어가더니 허름한 건물의 지하로 나를 이끌었다. 간판에는 '카페 기억의 집'이라고 적혀 있었다. 실내는 적당히 어두웠다. 그녀가 먼저 귀퉁이 쪽에 자리를 잡고 앉았고, 나는 그녀의 앞자리를 차지했다. 곡명을 알 수 없는 바이올린의 선율이 실내를 부드럽게 유영하고 있었다.

"밤에 그곳까지 간다는 것도 그렇고…… 늦었어요. 오늘은 이 도시에서 쉬고 내일 아침에 가요."

그녀는 커피를 시켰고, 나는 주스를 시켰다. 그녀와 마주 앉자 제대를 하면 반드시 한번 찾아가겠다고 약속했던 일이 떠올랐다. 사람의 마음의 변덕스러움이여. 최근까지, 그러니까 희규의 그 기묘한 죽음을 신문지 위에서 대할 때까지 나는 희규를 만나기 위한 시도를 한 번도 한 적이 없었다. 내가 군복을 벗고 나오자마자 한 시대를 마감하는 총소리가 궁정동에서 터졌다. 나는 어안이 벙벙한 채로 허겁지겁 취직을 했고, 정신을 잡지 못한 채 요동치는 세월의 흐름에 수동적으로 떠밀려 왔다.

"이 집이 기억의 집이에요……."

그녀는 커피에 설탕을 넣으면서 중얼거리듯 말했다. 단순히 이 카페의 이름을 알려 주는 것으로 듣기에는 그 목소리가 너무 스산했다. 특별한 기억이 이 집에 묻어 있다는 뜻으로 나는 받아들였다.

"희규⋯⋯?"

나는 뜻도 없이 중얼거렸다.

"나의 오빠 명회는 이곳에서 잡혀갔어요. 우리가 보는 앞에서. 물론 희규도 있었지요. 우리는 같은 문학 서클의 회원이었어요. 우리는 모이면 그동안 읽은 책을 이야기하고, 술을 마시고, 아주 가끔은 우리들의 작품을 돌려 읽기도 했어요. 그런데 명회 오빠에게 그 일이 일어났어요."

"그가 쓴 무슨 글이 문제가 되었나요?"

"글은 글이었지요. 하지만, 그것은 문학 작품이 아니었어요. 우리는 민주 선언문이라는 걸 썼어요. 여러 사람이 의견을 같이했지요. 우리는 그 선언문을 학교 신문사 일을 보고 있던 오빠에게 부탁했고, 그는 민주 선언문을 아무도 몰래 학교 신문에 실어 버렸어요. '제도화된 폭력성과 악의 근원인 유신 헌법을 철폐하고 독재 집권층을 퇴진시키기 위해 민주의 깃발을 높이 들고 나아가자⋯⋯'는 투의 그 선언문이 학교 신문에 나가자마자 대단한 반응이 일어났어요. 그동안 독재의 군홧발 아래에서 입을 막고 살아가던 학생들 사이에 술렁거림이 일기 시작한 사태를, 그러나 저들은 결코 용인할 수 없었겠지요⋯⋯."

그렇게 되는구나⋯⋯. 나는 어느 정도 감이 잡혀 가는 기분이 들었다. 기분을 상하게 할까 봐 겉으로 드러내지는 못하면서 내심 궁금해하던 사연이었다. 명회에 대한 희규의 죄의식, 그로 말미암은 혜진과의 삐걱거리는 사랑……. 희규는 본의 아니게 명회를 밀고한 자가 되어 버렸을 것이다. 내가 상택에게 그러한 것처럼……. 아니면, 함께 잡혀 들어갔다가 희규 홀로 자유로운 몸이 되어 돌아왔을지 모른다. 어쩌면 그는 고문을 견디지 못하고 명회의 이름을 불어 버렸는지도 모른다. 예상치 못한 의외의 사태가 생겨 명회가 죽음에 이르게 되자 희규는 죄의식에 사로잡힌다……. 그런 이야기는 흔하게 널려 있지 아니하던가. 시대가 사람들을 죄의식에 매달고 있었다. 모두들 피해자이면서 모두들 가해자였다. 피해의식에 사로잡혀 있으면서 동시에 죄의식에 붙들려 있는 사람들 투성이였다.

나의 상상력을 비웃기라도 하려는 것처럼 그녀는 말을 그쳐 버렸고 그 대신 내게 술을 마셔도 되겠느냐고 물었다. 나는 좋다고 대답했다. 그녀는 양주를 시켰다.

이 집, '기억의 집'이 불러일으키는 특별한 추억 때문인가. 그녀는 어쩐지 안정감을 잃은 사람처럼 보였다. 그런 모습은 뜻밖이었다. 내가 만났던 그녀는 항상 튼튼한 안정감을 저울의 추처럼 거느리고 있었다. 그런데 지금의 그녀는 전혀 다른 사람 같아 보이지 않는가……. 오, 내가 지금 무슨 말을 지껄이고 있는가. 가장 가까이에 있는 사람을 둘씩이나 잃어버린 여자의 얼굴에서 나는 안정감을 발견하기를 바라고 있었던가. 만일에 그렇다면, 그 안정감이란 얼마만 한 고통을 안으로 끌어안고 내보인 가면이겠는가.

나는 미처 그녀가 감당하고 있을 슬픔의 무게나 절망의 깊이에 대해서는 고려해 보지 못했다. 이 얼마나 파렴치한 이기주의인가……. 나는 갑자기 그녀에게 못할 짓을 시키고 있는 것이라는 생각을 했다. 나로 하여 그녀는 그 끔찍한 기억들을 처음부터 다시 되새김질하게 된 셈이 아닌가. 그녀를 만남으로써, 나는 그 슬프고 절망적인 추억 속으로 그녀를 다시금 데리고 들어가려는 것이 아닌가.

나는 그 자리가 몹시 부담스러워져서 자꾸만 술잔을 비웠다. 그녀 역시 부담스럽기는 마찬가지였던가. 그녀도 한쪽 손을 턱에 받친 체 술만을 들이켰다. 위험하다는 생각을 잠깐 했는데, 그 생각이 나 자신을 향한 것이었는지, 아니면 그녀를 향한 것이었는지 모르겠다.

"가요, 지금. 희규에게로 가요."

그녀가 갑자기 소리를 지를 때, 우리는 그처럼 어색하고 답답한 분위기에 짓눌려 줄곧 애꿎은 술만을 들이붓고 있던 참이었다. 술잔을 내려놓고 몸을 일으켜 세우는 그녀의 얼굴이 온통 일그러져 있었다. 눈물을 참고 있다고 나는 생각했다.

"이 밤중에. 지금 시간이 몇 신데……."

내가 겨우 그렇게 어물어물하는 동안 그녀는 벌써 카운터에서 계산을 하고 있었다.

2

……희규가 자기 아버지를 죽이려 했다는 이야기를 했던가요.
맞아요. 지난번 면회 갔을 때, 그때 했지요. 그는 자기 아버지에게
칼을 휘둘렀어요. 제정신이 아니었어요……. 아버지가 일을 마치
고 집으로 돌아오자마자 그랬어요. 그때 마침 나도 옆에 있었지
만, 말릴 수가 없었어요……. 다쳤느냐고요? 그의 아버지가요?
아니요. 그의 아버지는 그의 허술한 공격 따위에 당할 사람이 아
니에요. 그분이 무얼 하는 사람인지 아세요……?

희규의 무덤까지는 택시를 탔다. 운전사는 왕복 요금을 요구했
고, 그녀는 그러자고 했다. 시가지를 빠져나가자 곧 울퉁불퉁한
시골길이 나오긴 했지만, 반 시간이 채 안 걸리는 거리였다.

마을 입구에서 내린 우리는 논길을 가로질러 산으로 들어갔다.
자정이 지나 있었고, 사람의 흔적도 보이지 않았기 때문에 나는
덜컥 겁이 났다. 술기운이 확 달아나는 기분이었다. 반쪽 달이 하
늘 한복판에 걸려 있었지만 그것이 무섬증을 덜어 내 주지는 못했
다. 하지만, 그녀는 나의 심사 따위에는 아랑곳없다는 듯, 취기 때
문에 약간 비틀거리는 걸음걸이로 앞장서 나아가는 것이었다. 여
자는 아무렇지도 않은데, 그 옆에서 겁을 내보일 수는 없다는 오
기 같은 것이 억지로 나의 발걸음을 이끌어 가고 있었다.

희규의 무덤은 키가 각각인 소나무들이 무질서하게 서 있는 산

중턱에 아주 조그맣게 만들어져 있었다. 봉분이라고 할 만한 것이 없었기 때문에 그냥 지나쳐 버릴 수도 있겠다 싶었다.

나는 그 앞에 앉아서 망연해졌다. 나는 무엇 때문에 이곳에 오려고 한 것일까. 나는 아무것도 이해하지 못하는 백치가 되어 버린 것 같았다. 갑자기 막막한 슬픔이 밀려와서 나를 무기력하게 만들고 있었다. 나는 털썩 그 자리에 주저앉고 말았다. 희규로 하여금 방아쇠를 당기고 싶다는 충동을 느끼게 했던 그 '지랄 같은' 반쪽 달이 아래를 내려다보고 있었다.

택시 안에서 시종 굳은 표정인 채로 미동도 보이지 않던 그녀가 희규의 무덤에 앉자마자 천천히 입을 열었다. 마치 엄숙한 의식이라도 집행하는 것 같은 그녀의 절제된 목소리에 나는 다시금 기가 질렸다. 그녀의 표정은 전혀 보이지 않았다. 그 때문에 더욱 그녀는 고해 성사를 행하고 있는 경건한 종교인처럼 보였다.

……희규의 아버지는…… 그의 아버지에 대해서 모르지요? 딱 벌어진 체격에 무섭게 번득이는 눈. 아니, 그분은 한쪽 눈이 없어요. 왼쪽 눈이 흉하게 일그러져 있지요. 월남 전쟁에서 수류탄 파편을 맞아 그렇게 된 것이라고 하더군요……. 아, 결국 이 이야기를 하고 마는군요. 잡혀간 명회 오빠를 고문한 사람이 그의 아버지였다는 증거는 물론 없어요. 개연성은 있지만요……. 희규가 아버지를 찾아갔어요. 희규는 아버지에게 말했어요. 명회를 돌려

달라……. 그의 아버지가 말했어요. 그 자식이 네가 아는 놈이냐? 고생 좀 해야겠더라……. 희규는 아버지에게 대들었어요. 명회에게 알아내려고 한 정보가 무엇인가요. 그 선언문을 집필한 불순자들의 명단이겠지요. 고문을 해서 억지로 짜 맞춘 명단을 가지고 학원 내에 침투한 간첩단 소탕, 어쩌구 하는 기삿거리를 신문사에 제공해 주겠지요. 그 대가로 아버지는 승진을 하고요……. 그 선언문을 작성한 사람은 나예요. 내가 작성했어요. 명회는 아무 책임이 없어요. 그는 그저 내 친구라는 이유만으로 내 부탁을 받고 신문에 실었을 뿐이에요……. 너 미쳤구나. 제정신을 가지고야 어떻게 그런 말을 함부로 하느냐. 넌 세상이 무서운 줄을 아직 모르는구나. 헛소리 말고 돌아가거라……. 아버지가 그렇게 말했지만, 희규는 끈질기게 늘어졌지요. 명회를 내놓든지 나를 잡아가든지, 알아서 하세요. 아버지가 그렇게 할 수 없다고 하면 나는 나 스스로 나의 행위를 폭로하겠어요. 그러면 일이 볼만해지겠지요……. 넌 이게 장난인 줄 아는구나. 어리석은 놈…….

아버지는 화를 버럭 냈어요……. 어쨌거나 희규 덕택인지는 몰라도 사건이 더 이상 확대되지는 않았어요. 몇 사람이 더 불려가기는 했지만, 명회 오빠만의 단독 범행으로 결론이 나 버린 거지요……. 결과적으로는 그게 더욱 명회 오빠에게 불리했겠지만요……. 명회 오빠가 그곳에서 나왔을 때, 그는 거의 폐인과 다름없게 변해 있었어요. 아무 데서나 옷을 벗고 소변을 보고, 사람을 잘 알아보지도 못했어요……. 죄송해요. 나는 오빠를 사랑했어요. 우리는 20년이 넘도록 거의 한 몸처럼 살아왔지요. 우리는 쌍둥이였거든요……. 그중에서도 가장 나쁜 것은 그가 갑자기 개에 대해 표출하기 시작한 이상한 적의예요. 개와 관련한 희규의 피해의식은 사실은 명회 오빠로부터 물려받은 것이라는 이야기를 했던가요. 왜 하필이면 개예요? 어이가 없어요……. 오빠는 그렇다 치고 희규의 그 모방 심리는 또 어떻게 이해해야 하지요? 사람이 그런 식으로 유치해질 수 있다니. 그 치졸함과 터무니없음에 나는 여러 차례 희규를 참아 낼 수 없는 심정이 되곤 했어요……. 명회 오빠는 개만 보면 가만 놔두려 하지를 않았어요. 발로 차고 몽둥이로 때리고 목을 조르고……. 세상에! 개와 싸움을 벌이고 다니면서 그는 사람들의 구경거리가 되었고……. 그리고 그의 얼굴과 온몸은 흉한 상처 자국이 떠날 날이 없었어요. 애견을 잃어버린 개 주인에게 우리 가족이 당한 수모며 치러 낸 흥정을 생각하면 치가 떨려요. 되도록 외출을 못 하게 막았는데도, 자꾸만 그런 일이 발생하곤 했어요……. 정신 병원요? 차마 그렇게 하자고 나서는 사람이 없었어요. 집안 사람들은 절망과 한숨의 세월을 보내고 있을 뿐, 이 돌발적이고 악마적인 사태에 대처할 길을 알지 못하고 있었어요……. 어머니는 내 아들을 병신 만든 놈을 잡아 죽이겠다고 길길이 날뛰셨지만, 그게 무엇이겠어요. 그처럼 무력한 항의가 또 어디에 있겠어요……. 어머니의 그러한 슬픔과 절망이 그대로 옮아간 사람은 어이없게도 희규였어요. 그러지 말았어야 했는데, 희규는 우리 어머니의 한을 너무 자주 보았고, 너무 예민하게 받아들였어요……. 비극은 거기서 끝나 주지를 않았어요. 그래요…… 그 비참한 파국은 일찌감치 예비되었다고 해야 할 테지요……. 오빠가 죽었어요. 오빠를 문 것은, 끔찍해요. 어떻게 이 이야기를 내가 하게 되었지요, 개였어요……. 아주 크고 사나운 도사견과 엉겨 붙어서 싸워 내기에는 오빠의 몸이 너무 약했어요. 병도 많이 가지고 있었고……. 명회 오빠의 죽음에 가장 많이 충격을 받았던 사람은 희규였어요. 우리 어머니조차도 그의 죽음에 대해 어느 정도의 예견—이라기는 좀 뭣하지만, 준비 같은 걸 하고 있었던 셈이거든요. 희규는 그렇지가 못했던 모양이에요……. 그는 기회가 있을 때마다 내게 말했지요. 명회를 죽인 것은 나의 아버지야. 아니야, 나야. 내가 죽였어. 내가 명회를 죽였어. 난 어떻게 해야 하지? 난, 아, 난……. 그는 집을 나갔어요. 학교도 작파하고 그는 두 달을 떠돌아다녔어요. 가끔씩 '기억의 집'에 들러 보면 거기서 술에 취해 쓰러져 있는 그의 모습을 볼 수 있었어요. 그는 간혹 크게 소리를 질렀지요. 나는 살인자의 자식이다. 우리 아버지는 고문 기술자다……. 그때부터 그가 내게 편지를 써 보내기 시작했던가 봐요. 어떤 날은 몇 줄의 시였고, 또 어떤 날은 엄청나게 긴 장문이었고, 더 자주는 그냥 그림이었어요. 아무런 설명도 붙어 있지 않은 그 그림들에는 개가 빈번하게 등장했어요.

그 편지들마다에 그는 명회 오빠에 대한 죄의식에 자신이 강하게 사로잡혀 있음을 그대로 드러내고 있었지요……. 명회 오빠를 향한 그의 뒤틀린 의식은 자연스럽게 내게로 전이되었구요. 그의 의식 속에서 나와 명회 오빠의 동일시가 이루어진 거겠지요……. 그는 나를 사랑한다고 했다가 용서해 달라고 했다가 횡설수설이었어요. 그런 그에게 나는 일말의 불안을 느끼기 시작했어요. 쉽게 마무리 지어질 수 있는 방황이 아닐 수도 있겠다는 생각도 언뜻언뜻 들었구요……. 그를 찾아낸 그의 부모들이 그를 끌고 들어갔지만, 그는 다시 집을 나왔고, 자원해서 군대로 들어가 버렸던 겁니다……. 그는 군대에 가지 말았어야 했어요. 그는 군대라는 사회를 극도로 싫어했어요. 군대만이 아니에요. 그는 그것이 어떤 성격의 집단이든 상관없이 집단에 대한 강력한 혐오를 공공연하게 드러내곤 했어요. 집단은 인간들의 모임이지만, 실은 개성의 제거와 '인간'의 상실을 통해서만 이루어진다는 생각을 그는 하고 있었어요. 집단에는 인간이 끼어들 틈이 없다는 그의 주장은 곧바로 집단은 악이라는 판결로 이어졌어요. 왜냐하면 집단은 권력을 산출하기 때문이라는 거지요. 권력에 대한 혐오는 독재자의 통치 아래서 살아왔던 우리에게는 피할 수 없는 공동의 가치가 아니던가요. 그런 그가 군대를? ……군대를 왜 택했을까요. 자신은 군대를 가지 않아도 된다고, 다른 사람들에게는 미안하지만, 이것은 엄청난 행운이라고 좋아하던 그의 모습이 떠올라요. 그런데,

그런 그가 왜? ……자신을 학대하고 싶은 마음이 없지 않았으리라는 생각이 들긴 하지만…… 나도 그가 그 이상한 그림 편지를 내게 보내오기 전까지는 설마 그가 군에 입대했으리라고는 상상도 할 수 없었어요. 그저 또 얼마간 떠돌아다니다가 거지꼴을 해서 돌아오겠지 싶었지요…….

결국 그는 군대에서 몸과 정신을 함께 망가뜨려 가지고 돌아왔어요. 그런 그의 모습을 보면서 나는 마침내 생각했어요. 어이없고 불행한 일이지만, 마침내 자신의 의도대로 된 것이 아닌가…… 하고요. 그래요…… 인정한다는 것이 괴로운 일이지만, 그는 스스로 명회 오빠처럼 되려고 했던 거예요. 명회 오빠처럼 망가지고 그처럼 폐인이 되고 싶어 했던 거예요. 그렇게 함으로써 자신의 죄를 용서받을 수 있다고 생각했을까요. 무슨 죄고, 무슨 용서를? 모르겠어요……. 어쨌든 그런 이유로 하여 나는 그의 죽음에 작위가 개입해 있다는 사실을 의심할 수가 없어요. 그래요. 죽음까지도 그는 명회 오빠의 방법을 모방했어요. 어리석고 답답한 사람이지요. 그것으로 무엇을 할 수가 있다는 것인지……. 물론 그를 욕할 수만은 없는 일이에요. 알아요. 그에게는 절실했겠지요. 그는 자기 나름의 방식으로 구원을 갈구하고 있었던 거겠지요. 아무리 어처구니없는 길을 뚫고 있을지라도 자신의 구원에 천착하는 사람을 함부로 비난해서는 안 될 거예요. 하지만, 아무리 그렇다고 해도, 나는 그를 이해할 수가 없어요. 그를 용서할 수가 없어요……. 아니에요. 그렇게 말하려던 것이 아니에요. 내가 어리석었어요. 내가 그의 의도를 간파했어야 했어요. 나를 '기억의 집'으로 불러 이 노트를 넘겨줄 때, 나는 그가 무엇인가를 모의하고 있다는 사실을 감지했어야 했어요. 그는 말했지요……. 네게 줄 것이 무엇인가를 곰곰이 생각해 보았다. 어이없게도 생각이 나지 않았다. 아무것도. 나는 놀랐다. 네게 줄 것이 그렇게도 없다니…… 결국 나는 이 노트를 생각해 냈다. 너만 좋다면 네게 주고 싶다. 쓰레기통에 집어넣어도 좋고, 태워 버려도 상관없다. 하지만 다른 사람에게 보여 주지는 마라……. 노트는 군대에서 돌아온 이후 단 한 줄도 보태지 않은 채로 그대로 있었어요. 그리고…… 그는 그날 처음으로 내게 키스를 요구했어요. 그는 그 '기억의 집'의 어둠 속에서 내 입술을 빨았어요. 그가 나의 몸을 만질 때 나는 그가 떨고 있다는 사실을 감지했어요. 아, 그것은 무엇에 대한 떨림이었을까요…….

그 떨림으로부터도 결국 아무런 시사를 받지 못하다니, 어떻게 그렇게 둔감할 수 있었을까요……. 그리고 이튿날, 그는 이웃집의 개들을 한꺼번에 풀어 놓고 스스로 그들의 밥이 되었어요. 그들의, 개들의, 한꺼번에 덮쳐서, 그는, 죽어서, 명회 오빠처럼……. 그는 자기 살해가 곧 구원의 길이라고 믿었던 것일까요? 아니면, 몰록의 불 속으로 뛰어든, 자신의 글 속에 나오는 그 노인이 그랬던 것처럼, 자신의 죽음을 통해 어떤 메시지인가를…… 메시지가 아니라면 최소한 희미한 암시라도, 던져 주려 한 것이 아니었을까요? 그가 단순한 희생자였으리라고 생각하고 싶지 않지만, 분명한 것은 아무것도 없어요……. 그는 가고 없는데, 그가 누워 있는 무덤 앞에서 이처럼 담담하게 그의 죽음을 이야기할 수 있다니……. 나 자신이 놀랍고 혐오스럽군요. 그처럼 어이없고 혐오스러운 의문이 하나 더 내게 남아 있어요. 그가 정말로 나를 사랑했을까요? 아니, 내가 정말로 그를 사랑한 걸까요……?

3

그녀는 마침내 쓰러졌다. 참으로 힘든 고해를 해낸 사람처럼 그녀는 탈진해 있었다. 나는 그녀를 부축해 안고 희규의 무덤을 내려왔다. 엷은 바람이 얼굴을 쓰다듬고 지나갔고, 어디선가 희규의 혼인 양 부엉이가 울었다. 우리는 말없이 걸어갔다. 어두운 하늘을 점령하고 있는 반쪽 달만이 우리들의 기묘한 발걸음을 내려다보고 있었다.

길은 한없이 이어지고 있었다. 지나가는 사람도 없었고 차도 없었다. 나는 조금 막막함을 느꼈다. K시까지 이렇게 무작정 걷는다는 것은 어리석은 짓일 것이다. 그렇다고 길바닥에 자리를 깔고 누울 수도 없는 일이었다.

갑작스럽게 이곳으로 나를 데리고 온 그녀의 충동을 전혀 이해하지 못한다는 뜻은 아니지만, 그녀의 그러한 무분별함은 아무래도 그녀답지 않다는 생각이 들었다. 타고 왔던 택시를 보내는 것이 아니었는데, 어째서 그 생각을 못한 것일까……. 걸을 수밖에 다른 도리가 없었다. 운이 좋으면 지나가는 트럭이라도 만날 수 있을지 모른다. 나는 그런 희망을 품고 왔던 길을 돌이켜 갔다.

달빛이 있다고는 해도 사물을 분간하기가 힘들 만큼 어두웠고, 또 시골길답게 울퉁불퉁해서 걸음걸이가 여간 신경이 쓰이지 않았다.

그녀는 아까부터 몹시 피곤해하고 있었다. 함부로 마셔 댄 술과 (그러고 보니 우리는 저녁 식사도 하지 않았다. 나는 갑자기 허기를 느꼈다) 속엣말을 모조리 쏟아 내고 난 탈진감이 그녀의 몸에서 기력을 빼앗아 버린 것이라고 나는 생각했다. 오래 걸을 수 있을 것 같지가 않았다. 나는 시계를 달빛에 비추어 보았다. 2시가 지나 있었다. 아무래도 가까운 읍내 어디에서 몸을 쉬게 해야 할 것 같았다.

"읍내가 멀었습니까?"

그녀는 조금만 가면 된다고 말했다. 실제로 얼마 가지 않아서 조그만 시골 읍이 나타났다.

읍내에 도착하자 나는 여기 어디서 쉬어가는 게 어떻겠느냐고 물었다. 그녀는 아예 택시를 타고 K시로 들어가는 게 좋겠다고 말했다가 다시 생각을 바꾸었다. 나의 잠자리를 위해서는 K시로 들어가더라도 어차피 여행자를 위한 숙박 시설을 이용해야 한다는 판단을 한 모양이었다. 그렇다면, 굳이 힘들게 이 밤중에 K시로 들어갈 필요가 없는 것이다.

나는 그녀만 택시에 태워서 K시로 들여보낼 생각을 했다. 그러나 그녀가 그럴 수는 없다고 말했다.

"여관에서 잘 수 있어요. 염려하지 않아도 돼요."

나는 하는 수 없이 여관으로 그녀를 데리고 들어가서 방을 두 개 잡았다. 아침에 먼저 일어나는 사람이 깨우기로 하고 우리는 각각의 방으로 들어갔다. 방에는 한쪽 벽을 기대고 조그만 옷장이 놓여 있었고, 물주전자가 수건, 칫솔 따위들과 함께 텔레비전 세트 위에 올려져 있었다. 바닥에는 이불이 깔려 있었는데, 그 이불은 지저분했고, 방 안의 공기에서는 여관 특유의 퀴퀴한 냄새가 났다.

그녀는 어쨌는지 모르지만(그녀 역시 나와 마찬가지였으리라고 생각하지만) 나는 쉽게 잠을 이룰 수가 없었다. 몸이 제법 무겁고 피곤이 세차게 몰려드는 것 같았는데도 수면은 좀처럼 나를 찾아와 주지 않았다. 나의 가슴속에는 어둠이 덩어리진 채 묵직하게 들어앉아 있었다.

나는 오랫동안 잠들지 못하고 창가에 기대서서 바깥의 어둠을 응시하고 있었다. 무엇인가 뜨거운 것이 자꾸만 목을 타고 치솟아 오르려고 했다. 그것을 나는 입 밖으로 가만히 내보내었다. 하나의 이름이 조심스럽게 빠져나왔다. 희규……. 나는 하늘을 올려다보며 예감했다. 마침내 나는 희규에게 붙들려 버렸는지 모른다고. 희규가 명회에게 붙들린 것처럼 나는 이제 희규에게 붙들리게 되어 버린 것인지 모른다고…….

그런 예감은 나를 몹시 흔들리게 했다. 그것은 매우 독특한 느낌이었다. 이를테면, 마치 오랫동안 예감해 왔던 파국을 맞이하고 말았을 때와 동일한, 슬픈 안도감이 거기에는 섞여 있었다. 그것의 진짜 얼굴은 불안이었다. 나는 다시금 거의 피부를 도려내는 듯한 구체적인 불안의 포충망에 꼼짝없이 붙들렸다.

4

방문을 두드리는 소리에 눈을 떴다. 언제 잠이 들었던가. 기억이 나지 않았다. 어지러운 상념 속을 헤집고 다니다가 날이 밝아올 무렵쯤 해서야 겨우 자리에 쓰러졌던 모양이다.

누군가 나의 방문을 두드릴 때, 나는 한참 어떤 꿈속을 헤매 다니고 있었다. 당시에는 매우 인상적이고 선명한 꿈이었는데 눈을 뜨자 무슨 내용이었는지가 좀처럼 생각나지 않았다. 무언가 퍽 독특한 꿈을 꾸는 중이었다는 인상만이 남겨져 있을 뿐이었다. 나는 머리맡에 풀어 놓았던 시계부터 보았다. 10시가 지나 있었다. 몸을 부스스 일으켰을 때 문밖에서 다시 노크 소리가 들렸다.

"일어나셨어요?"

그녀의 목소리였다. 무엇 때문인지 그녀의 목소리에는 긴장감이 가득 배어 있었다. 잠이 덜 깬 나의 의식 속으로도 무언지 심상치 않은 사건이 일어났구나 싶은 느낌이 들 정도였다.

위기를 예감하는 나의 감각이 너무 잘 들어맞는 편이어서 나는 항상 불안하였다. 내가 나의 예감을 함부로 무시해 버리지 못하는 까닭도 사실은 거기에 있었다. 불안이란 실상 다가올, 그러나 아직 오지 않은 시간에 대한 사람의 무지가 만들어 내는 허깨비일 것이다. 허깨비가 공포의 대상이 되는 까닭은 우리가 그것의 형체를 볼 수가 없기 때문이다.

내가 문을 열자마자 그녀는 무섭게 상기된 얼굴을 해 가지고 내 방으로 뛰어 들어왔다. 흡사 무엇에 쫓기는 사람을 연상시켜서, 그리고 그런 모습이 이제까지의 그녀의 모습과는 사뭇 달라 보여서 그 와중에도 웃음이 나오려 하였다.

"무슨 일이에요?"

그녀는 내 앞으로 불쑥 신문을 내밀었다. 그날 치 조간인 그 신문은 반으로 접혀 있었는데, 그녀가 내 앞으로 들이민 쪽은 1면이었다.

"밖에 나가서 사 왔어요. 이런 일이, 기어이……."

그녀는 그저 그렇게만 말했고, 나는 신문을 집어 들었다.

그곳에서 나는 거의 폭력적이라고 느껴지는 큼지막한 먹물 글씨를 통해 오늘 0시를 기해서 비상계엄이 전국으로 확대되었다는 기사를 읽었다. 재야의 강력한 지도자를 포함하여 26명의 인사들을 연행하고, 이제 그들의 정치 활동을 금지시킨다는 내용과 함께

대학에는 휴교령을 내린다는 내용도 포함되어 있었다. "북괴의 동태와 전국적으로 확대된 소요 사태 등을 감안할 때 전국 일원이 비상사태하에 있다고 판단"된다는 것이 그 이유였다.

나는 그 기사를 읽으면서도 이상할 정도로 침착해지는 나 자신에게 두려움을 느꼈다. 언뜻 상택의 얼굴이 떠오른 것은 무엇 때문이었을까. 상택의 그 선명한 확신이 좌초되고 도리어 나의 불안이 현실화되어 나타난 이 치명적인 파국에 대해 나는 마치 내게 무거운 책임이 있는 것 같은 느낌에 사로잡혔다. 그 느낌은 돌발적으로 찾아왔다. 나는 희규에 대해서 그랬던 것처럼, 그 순간에 다시, 절망감과 안정감을 동시에 체험했다……. 절망감은 마침내 우리의 시간이 야만스러운 힘에 의해 추운 겨울로 되돌려진 데 대한 것이었다. 그런데 그 한쪽에 웅크리고 있는 엉뚱한 감정 ─ 안정감은 또 무엇이란 말인가. 실체를 볼 수가 없어서 초조하기만 하던 그 허깨비의 모습을 마침내 마주 대하게 된 데서 말미암은 안정감이라는 설명이 이런 상황에서 용납될 수 있는 것일까……. 나는 해명할 수 없는 기분에 사로잡힌 채로 계엄 포고문의 내용을 읽었다.

1) 1979년 10월 27일 04시를 기해 제주도를 제외한 전국 일원에 선포했던 비상계엄을 1980년 5월 17일 24시를 기해 전국 일원으로 변경하여 선포한다.

2) 국가의 안전 보장과 공공의 안녕·질서를 유지하기 위하여
가) 모든 정치 활동을 중지하며 정치 목적의 옥내외 집회 및 시위
를 금한다. 나) 언론, 출판, 보도 및 방송은 사전 검열을 받아야 한
다. 다) 대학은 무기한 휴교 조치한다. 라) 정당한 이유 없는 직장
이탈, 태업, 파업 행위를 금한다. 마) 유언비어의 날조 및 유포를 금
하며, 전현직 국가 원수를 모독·비방하는 행위, 북괴와 동일한 주
장이나 용어를 사용하는 행위, 선동적 발언이나 질서를 문란시키
는 행위를 금한다…….

5

거리 곳곳을 군인들이 지키고 있었다. 그들은 무장을 하고 서서
행인들을 통제했다. 거리는 비교적 한가했다. 사람들은 모두들 표
정이 없었고, 무엇에 쫓기는 듯 몸을 잔뜩 움츠리고 자꾸만 뒤를 돌
아보며 걸었다. 5월의 하늘은 맑았고 햇빛은 따가웠지만, 군인들
곁을 스쳐 가는 사람들은 오히려 몹시 추위를 타는 것처럼 보였다.

그녀와 나는 곧장 버스를 타고 K시로 돌아왔지만, 이제 어떻게
해야 할지를 결정하지 못하고 있었다. 그대로 헤어져지지가 않았
다. 계엄령 선포를 접한 아침의 충격이 채 가시지 않은 탓이기도
했을 것이다. 그녀도 나도 섣불리 입을 열려고 하지 않았다. 다른
사람들은 그녀와 나의 모습에서도 추위를 느꼈을 것이라고 나는
생각한다. 내가 그들의 모습에서 그러한 것처럼…….

아침 겸 점심을 먹고 나왔을 때 거리의 표정이 조금 달라진 것을 발견했다. 학생으로 보이는 젊은이들이 군데군데 모여 있는 모습이 눈에 띄었다. 그들은 거리 곳곳에 벽처럼 서 있는 계엄군들을 향해 산발적인 구호를 외치고 있었다.

계엄령 해제하고, 정치 일정 앞당기라…….

군대는 물러가고, 민주 인사 석방하라…….

군인들은 구호를 외치고 있는 쪽을 향해 몸을 틀어 뛰어왔고, 그러면 젊은이들은 골목으로 잽싸게 몸을 숨겨 버리곤 했다.

그러한 숨바꼭질이 반복되는 동안 인도에는 제법 많은 수의 행인들이 모여들고 있었다. 그들은 되도록 표정을 드러내지 않은 채 젊은이들과 군인들의 대결을 주시하고 있었다. 개중에는 젊은이들이 외치는 구호를 따라 하는 사람도 더러 있었다. 나는 이런 상황이 조금만 지속된다면 주변의 행인들이 급격하게 학생들의 시위에 동참할 것이라는 생각을 했다. 심리적으로는 행인들 역시 이미 학생들의 시위에 동조하고 있었던 것이다.

나와 똑같은 생각을 군인들 쪽에서도 했던 것이리라. 그들은 구호를 외치는 사람만이 아니라 인도 변에 서 있는 사람에게도 해산을 종용했다. 사람들은 슬금슬금 뒤로 밀려났다가 눈치를 살피며 다시 앞으로 나오고는 했다. 안 되겠다고 생각을 했는지 마침내 그들은 최루탄을 쏘아 대기 시작했다.

코를 싸쥐고서 연방 재채기를 해 대는 그녀와 함께 지하도 속으로 피하면서 나는 이제 그만 서울로 올라가는 것이 좋겠다는 생각을 했다. 결국 종점에 이르고 만 것이 아닌가. 아무리 바꿔 타기를 해도 종착점은 있기 마련인 것이다. 어디나 다 마찬가지였다. 어디나 이미 종점이었다. 그러나 상황은 내 편이 아니었다.

"신분증 좀 봅시다."

지하도 계단을 막 내려가는 나와 그녀의 앞을 일단의 군인들이 막아섰다. 아주 가까이에서 마주 대하는 그들의 얼굴에는 땀이 번들거리고 있었고, 피곤기가 가득해 보였다. 그 땀은 강인함과 힘의 상징처럼 보였고, 그 피곤기는 권태 같기도 하고, 짜증 같기도 했다.

땀으로 번들거리는 피곤…… 그것이 그들의 이중성의 얼굴일 것이다. 그들 집단의 책무가 땀을 흘리게 하고 힘을 과시하게 한다. 그러나 그들 개인은 피곤, 또는 권태에 젖어 있다. 그런데도 대부분의 경우 그들의 피곤은 땀에 가려서 보이지 않기 일쑤이다. 책무, 또는 집단이 개인을 압도하고 있다는 뜻이다.

"서울 사람이 여기는 무엇을 하러 왔나요?"

"어, 그냥……."

나는 무어라고 대답해야 할지 난감했다. 나의 얼버무림은 질문자를 만족시켜 주지 못한 것 같다. 그들은 길게 이야기를 하고 싶지 않다는 의사를 노골적으로 드러내고 있었다.

"모조리 차에 태워. 개새끼들, 무서운 것이 없어. 따끔한 맛을 봐야지. 지금이 어느 땐데 데모를 해…….”

누군가가 그렇게 버럭 소리를 지름과 동시에 나는 변명할 기회도 잡지 못한 채 그들에 의해 차에 태워졌다. 차 안에는 벌써 여러 명이 들어와 있었고, 그들은 하나같이 고개를 무릎 아래에 처박고 있었다. 그 안에도 진압봉을 든 군인들이 여럿 앉거나 서 있었다. 그들은 진압봉을 휘두르며 차에 탄 사람들을 위협하였다.

“고개들 숙여.”

“이거 왜 이래요? 나는 그냥 길을 가다…….”

나의 항변은 묵살되었다. 그들 가운데 한 놈이 나의 어깻죽지를 몽둥이로 내리쳤다. 나는 억, 소리를 내며 그 자리에 쓰러졌다. 쓰러지면서 보니까 그녀 또한 발버둥을 치면서 차에 실리고 있었다. 군인들 가운데 한 사람이 꽥 소리를 질렀다.

“고개 처박어, 새끼들아. 머리를 박살 내 버리기 전에.”

6

사내의 얼굴은 보이지 않았다. 날카로운 불빛이 천장에서 나를 향해 정면으로 떨어지고 있었다. 나는 낡은 의자에 엉덩이를 붙이고 앉아 있었는데, 그 때문인지 마치 스포트라이트를 받고 있는 무대 위의 배우처럼 여겨졌다. 불빛은 교묘하게 책상 위에서 움직이는 그자의 손만을 비추고, 그자의 얼굴을 가려 주고 있었다. 나는 아까부터 작자의 얼굴을 확인하고 싶었다. 어떻게 생긴 작자인지 기억해 두고 싶어서였다.

나는 너무 강한 불빛 아래 그대로 노출되어 있는데, 상대의 얼굴은 볼 수가 없다. 이것은 불공정한 게임이다. 게임이라면, 아아, 게임이라면……. 하지만 이것은 유감스럽게도 게임이 아닌 것이다…….

벌써 여러 시간째이다. 사내의 질문은 반복되고, 나는 똑같은 자세로 앉아서 똑같은 대답을 되풀이하고 있다.

사내는 나에게 무슨 임무를 띠고 이곳에 잠입했느냐고 묻는다. 잠입이라는 단어가 나를 숨 막히게 한다. 첩보 영화를 보면서, 적진에 숨어 들어가 결정적인 역할을 해내는 스파이들이나 특공대원의 활동에 매료된 적이 있었다. 거기서 그들이 적진으로 몰래 숨어 들어갈 때 쓰는 단어가 잠입이었다. 그 단어에서는 그대로 전쟁터의 냄새가 묻어났다. 그것은 적군과 아군의 차별화가 선행되었음을 선포하는 언어 사용이었다. 나는 적군에게 사로잡힌 스파이가 되어 있는 것이다.

나는 공포에 짓눌려 있었다. 차 안에서부터 이곳까지(이곳은 어디일까. 지하실이라는 사실 말고는 짐작할 수 있는 것이 아무것도 없다. 몇 차례 분리 작업이 이루어진 끝에 나는 이곳으로 끌려왔다) 걸핏하면 날아오는 발길질과 몽둥이질로 하여 나의 몸은 이미 상할 대로 상해 있었다. 그들이, 인간에 대한 존엄성이라고 하는 것이 얼마나 허약한 기초 위에 세워진 환상인지를 깨닫게 해 주는 데는

아주 짧은 시간밖에 걸리지 않았다. 그들은 아주 쉽고 매우 간단하게 나의 의식을 덮고 있는 그 인간의 존엄성이라는 환상을 거둬버렸다.

아니라고 벌써 몇 번이나 고개를 저었지만, 나의 대답은 받아들여지지 않았다. 그들은 무슨 대답을 기대하는 것일까. 내가, 그럼, 교량 폭파나 요인 암살이라도 기도하고 있노라고 고백하기를 바라고 있단 말인가. 그 첩보 영화들 속의 스파이나 특공 요원들처럼……?

"거짓말하지 마라. 너의 호주머니에서는 불온 문서가 나왔어. 그뿐만이 아니야. 이 노트에 적힌 것들은 무어야? 나쁜 자식, 여자 가방에 이걸 맡겨 두면 우리가 못 찾아낼 줄 알았나?"

사내의 얼굴을 볼 수가 없다. 나는 그의 얼굴을 보고 싶다. 그는 책상 앞에 앉아 있다. 물론 그 책상 역시 아주 조그맣다. 무대 소품처럼 조그맣다. 문득 그와 나는 연극을 하고 있다는 착각이 들 정도이다. 사내가 볼펜으로 글씨를 쓰는 모습이 보인다. 그는 가끔씩 볼펜 꽁무니로 책상을 두드린다. 버릇인 것 같다. 유행가를 흥얼거리기도 한다. 비가 오면 생각나는 그 사람. 언제나 말이 없던 그 사람. 사랑의 괴로움을 몰래 감추고…….

그자는 내 수첩에 적힌 이름들을 자신이 가지고 있는 서류와 일일이 대조했다. 처음 도착한 경찰서에서부터 나를 대하는 태도가 심상치 않았다. 외지인에 대한 조사를 철저히 하라는 지시라도 받은 것인가. 그는 직장인이라면서 특별한 이유 없이, 그것도 하필이면 결정적인 시기에 이곳에 내려왔느냐고 물었고, 나는 별로 설득력 있는 대답을 하지 못했다. 그는, 희규의 죽음을 이야기하면서 더듬거리거나 자꾸만 중간에서 말을 잃어버리는 나에게 선의를 보이려는 마음이 전혀 없었다.

그리고…… 나의 호주머니에서 꼬깃꼬깃 접힌 웬 종이 한 장이 나왔다. 사내는 그 종이를 책상 위에 펼쳐 놓고 들여다보았다. 아뿔사! 그것은 '계엄 해제와 군부들의 퇴진'을 주장하는 선언문일 것이다. 상택이 잡혀가기 직전에 서명을 하라며 내게 내밀었었다. 작자들이 들이닥칠 때 급한 마음에 그만 호주머니에 집어넣었던 기억이 난다. 그것이 그만 발각되고 만 것이다.

거기다가 엉뚱하게도 희규의 노트까지 등장했다. 그때까지 나는 그 노트에 대해서는 전혀 생각을 하고 있지 않았다. 그렇기 때문에 그자가 웬 노트를 들어 보이며, 이게 네 것 맞지? 하고 물었을 때, 진심에서 아니라고 대답했었다. 나는 전혀 모르는 노트라고 말했었다. 사내는 조금 어이가 없다는 듯한 표정을 짓더니, 그것도 잠깐, 화를 버럭 내며 소리를 질렀다.

"야, 이 새끼야. 너하고 같이 팔짱 끼고 걷던 여자의 가방에서 나온 것이야. 처음 보는 노트라고? 이 새끼가, 진짜 보통내기가 아니네……."

그렇게 다그쳤을 때도 나는 설마 하니 그것이 희규가 군대에서 작성했던 그 이상한 소설의 원고라고는 생각하지 못하고 있었다.

그녀는 언젠가 부대로 찾아와서 그 노트를 찾아갔었다. 누가 보면 큰일 난다고, 없애 버려야 한다고 입버릇처럼 되뇌었다고 했다. 아, 그리고 어제, 그녀는 내게 말했다. 희규가 죽기 하루 전에 자신을 불러 그 노트를 주었노라고. 그렇다면 그녀는 그것을 몸에 지니고 다녔단 말인가. 그건 왜? 내게 보여 주려는 마음이, 혹시 그녀에게 있었던 게 아닐까. 그렇더라도 그건 왜? ……모를 일이다. 확실한 것은 그녀의 가방에서 나온 희규의 노트가 지금 내 앞에 놓여 있다는 것이다.

그 노트에는 무엇이 기록되어 있던가. 오래전 일이라 까마득하긴 하지만, 처음 접했을 때의 인상이 너무도 강렬해서 대충의 내용이 지워지지 않고 남아 있다. 그의 글은 신격화된 한 독재자—그 신이 된 왕의 이름이 몰록이었다는 기억이 난다. 인신(人身)을 제물로 받는 식인의 신—의 폭력과 그 독재자를 맹목적으로 숭배하고 복종하는 우매한 대중들에 대한 질타로 시종하고 있었다. 희규가 그 노트와 관련해서 공포를 느낀 데에 그럴 만한 이유가 있다면, 지금 내게도 그러할 것이다.

사태를 더욱 나쁘게 만든 것은 나의 수첩에서 상택의 이름이 발견된 일이었다. 이자가 누구냐고 물었고, 나는 친구라고 대답했다.

"친구? 이 자식은 빨갱이야, 새꺄."

그는 나의 옆구리를 발길로 걷어찼다. 끌고 가, 맛을 보여 줘, 그가 명령했고, 머리를 짧게 자른 다부진 체격의 젊은 사내가 나를 데리고 지하실로 내려갔다. 그게 아니라……. 그들은 내게 변명할 기회를 주지 않았다. 나는 옷을 벗기웠다. 곤봉과 군홧발이 내 몸의 이곳저곳에 비 오듯 떨어졌다. 나는 곧 정신을 잃었고, 물을 얻어 마신 다음에 일으켜 세워졌다.

"앉아."

사내가 눈짓으로 의자를 가리켰다. 천장으로부터 강렬한 불빛이 내 눈을 쏘고 있었다. 나는 눈을 감았다. 눈 떠, 이 쌍놈의 새끼야. 몽둥이가 날아와 나의 얼굴을 가격했다. 나는 얼굴을 감싸고 바닥에 쓰러졌다. 이 자식이, 엄살은. 맛 좀 더 볼래? ……그들은 양쪽에서 한쪽 팔씩 붙잡고 나의 머리를 물속에 처넣었다……. 인간의 육체는 얼마나 보잘것이 없는가. 정신력의 중요성이라든지 혹은 우월성이라는 걸 표 나게 내세우는 것은 곧바로 인간의 육체가 그만큼 허약하다는 증거일 것이다. 하지만, 그 정신이라는 것은 또 무엇인가. 고작 육체라는 허약한 막에 의해 보호되고 있는, 매우 부서지기 쉬운 결정체에 불과하지 않은가. 육체가 망가지면 정신 또한 황폐해진다…….

도대체 얼마나 긴 시간이 흘러간 것인지 짐작도 할 수 없었다. 아니, 시간이 여전히 흐르고 있단 말인가. 내게는 시간이 정지되어 버린 것만 같았다. 시간의 정도를 계수한다는 것이 불가능했다.

"이제 말을 할 텐가? 이 노트는 누가 썼나? 무슨 일로 이곳에 내려왔는가? 누구의 지시를 받고 왔는가?"

다시 의자에 앉혀졌을 때, 나는 거의 체념의 상태에 이르러 있었다. 아무래도 상관없다는 심정이었고, 기어이 종점까지 오고 말았다는 무의식적인 자각만을 되씹고 있었다.

그렇다고 하더라도, 문제는 내가 전혀 사내를 만족시켜 줄 수 없다는 데 있었다. 이상할 것도 없는 일이지만, 이들은 모두 똑같다. 자신들이 미리 작성해 가지고 있는 몇 가지 대답 가운데 어느 하나를 상대방이 맞혀 주기를 바란다. 그들이 원하는 것은 진실이 아니라, 자신들이 짜 둔 각본을 대답하는 자가 알아맞혀 주는 것이다.

7

"우리들은 잠을 이루지 못했습니다. 우리는 밤마다 우리를 괴롭히는 손길을 기다리고 있었습니다. 어서 우리를 일으켜 세우라. 어서 고통을 가하라. 야전삽으로 엉덩이에 피멍을 만들고, 머리로 바닥을 쓸게 하라. 우리는 기다리고 있다. 어서 명령하라. 우리는 기꺼이 복종하겠다. 그래서 잠들게 하라. 그냥은 잠들 수 없다. 어서, 어서 빨리…… 아편에 중독된 아편쟁이들이 주사를 맞지 않으면 손이 떨리고 가슴이 떨리고 정신이 떨려서 잠들 수가 없는 것처럼 우리 역시 불안하고 초조해서 도저히 그냥은 잠들 수가 없었습니다. 그렇습니다. 우리는 중독되어 있었습니다. 우리는 힘에 중독되어 있었습니다……."

도대체 시간이 어떻게 되었을까. 지금은 밤일까, 낮일까. 이곳에 들어온 지는 얼마나 지났을까. 나는 진술을 시작했다. 몇 번이나 고꾸라지고 물을 마시고, 그리고 다시 앉은 의자에서 나는 겨우 입을 열었다.

내 입에 말이 들어 있었던가. 아, 나는 내가 무슨 말을 할 수 있게 될지 전혀 예상할 수가 없었다. 말은 그냥 쏟아져 나왔다. 나는 말을 통제할 만한 힘이 없었고, 또 그러고 싶지도 않았다. 당연히 나의 말들은 사내가 기다리고 있던 것이 아니었다. 사내는 잠시 무슨 소리를 하느냐고 윽박질렀지만, 내가 입을 다물어 버리는 사태보다는 차라리 아무 소리나 지껄이는 쪽이 낫다는 생각을 해낸 모양인지 곧 잠잠해져서 가만히 나의 말을 듣고 있었다.

물론 그의 얼굴은 보이지 않았다. 천장에서 쏟아져 내리는 강렬한 불빛은 교묘하게 그의 얼굴에 어둠을 만들어 주고 있었다. 나는 그자의 얼굴을 확인하고 싶었다. 그러나 그럴 기회는 좀처럼 오지 않았다. 내가 말하는 동안 그자는 볼펜으로 무엇인가를 적기도 하고 또 볼펜 꽁무니로 책상 위에다가 딱딱 소리를 내기도 했다. 노래는 이제 그의 입에서가 아니라 뒤쪽 창틀에 얹혀 있는 라디오에서 흘러나왔다. 버스를 타고 고속도로를 신 나게 달려 보자. 찌푸린 얼굴 주름살 펴고 신 나게 달려 보자. 뛰뛰빵빵 뛰뛰빵빵……. 계엄령 아래서도 라디오는 노래를 틀어 주고, 계엄령하의 지하 고문실에도 노래가 (더구나 저렇게 신나는 노래가) 들어오고 있다는 사실이 너무나 낯설었다. 반드시 그 때문이라고 말할 수는 없지만, 어쨌든 나는 하마터면 울음을 터뜨릴 뻔하였다.

"……이해할 수도, 해명할 수도 없는 불안이 우리의 육체와 정신을 사로잡고 있었고, 우리는 그 불안의 손아귀로부터 벗어나기 위해 필사적이었습니다. 불안을 면하기 위해서라면 우리는 악마에게라도 붙었을 것입니다. 아니, 실제로 우리는 악마에게 붙었습니다……. 우리는 자아를 부숴 버리고 기꺼이 강력한 힘의 품으로 들어가려고 했습니다. 힘에게 소속되어 힘의 일부분이 됨으로써, 비록 학대를 받고 노예가 되는 운명에 처하게 된다 할지라도, 불안의 손아귀로부터 놓여날 수만 있다면, 아아, 그럴 수만 있다면 그것으로 충분하다고 우리는 생각했습니다. 학대하거나 학대받는다는 것은 하나의 특별한 관계를 형성하는 일이라는 사실을 이해하십니까? 그것도 매우 은밀한……. 그것이 사랑의 표현이라는 사실은 기억될 필요가 있습니다. 자기를 버리는 희생적인 행위, 상대방에게 전적으로 자기를 내어 맡기는 것 이상의 위대한 사랑의 증거란 달리 없음을 우리는 이해하고 있었던 겁니다. 그것이 우리들 속의 공통된 감정이었습니다……. 우리는 묵시적으로 서로의 감정을 용납해 주고 있었습니다. 왜냐하면, 다른 사람의 마음속에 있는 그 감정은 내 속에도 있었으니까요……. 그러한 우리의 공감을 훼손하는 사건이 발생한 것은, 따라서 충격이 아닐 수 없었던 겁니다. 기상! 모기만 한 소리에도 우리는 벌떡 일어날 준비가 얼마든지 되어 있었습니다. 실제로 우리에게 떨어지는 지시는 항상 모기만 한 소리였지만, 우리는 한 번도 그 명령을 어겨 본 적이 없었습니다. 그런데…… 그가 일어나지 않아 버린 것입니다. 그 엄청난 폭력의 태풍이 내무반을 휩쓸고 지나가는 마지막 순간까지 그는 일어날 생각을 하지 않았습니다. 아, 일어나지 않을 수도 있다는 사실이 그대로 우리에게는 충격이었습니다. 우리는 한 번도 그런 생각을 할 줄 몰랐습니다. 우리는…… 오히려 기다리고 있었거든요. 학대해 주기를, 어서 빨리 고통 속으로 끌고 가 주기를……. 그가 누구였느냐고요? 아, 그것이 궁금한가요? 그는 개들과 싸우는 자였습니다. 개들은 힘이 셉니다. 개들은 난폭합니다. 개들은 물어뜯는 이빨과 할퀴는 발톱을 가졌습니다. 길들일 수는 있지만, 조금만 감시를 소홀히 하면 되레 달려드는 것이 개들의 속성입니다. 그는 개들과 싸워서 개들을 죽이려 했습니다. 하지만 개들은 죽지 않습니다. 개들은 펄펄 날뛰며 이 세상을 자기 것으로 만들려고 합니다. 얌전한 척 가만히 있다가도 기회가 왔다 싶으면 난폭하게 덤벼듭니다……. 개들은 죽지 않습니다. 오히려 그가 죽었습니다. 그는 개들에게 죽었습니다. 개들이 날카로운 이빨과 발톱을 세우고 침범해 들어왔고…… 그리고 나는 이제야 비로소 깨닫습니다. 개들을 감시해야 합니다. 개들을 두려워해서는 안 됩니다. 불안해서도 안 됩니다. 초조해할 필요도 없습니다. 지나치게 신중하여 머뭇거리는 것도 썩 현명한 일은 아닌 것 같습니다.

그것들은 오히려 개들의 출현을 가능하게 만드는 요인이 됩니다. 그것들은 곧 개들을 부르는 소리나 마찬가지임을 깨닫습니다. 개들은 우리들의 그와 같은 두려움이나 불안, 신중한 머뭇거림 따위를 놓치는 법이 없습니다. 개들은 그 틈을 효과적으로 이용하여 공격해 옵니다……. 우리들에게 들이닥칠 것으로 예상되는 개들의 공격을 당연한 것으로 받아들이며, 한술 더 떠서 기다리기까지 하는 우리들의 그 순응주의가 개들이 펄펄 날뛰는 개들의 세상으로 만들어 버린다는 인식은, 그러나 너무 늦게 찾아왔고, 나는 힘이 없습니다……. 나의 친구 역시 힘이 없었습니다. 그 때문에 그의 개를 상대로 한 일련의 편집(偏執)은 상징에서 그칠 수밖에 없었던 것이라고 나는 이해합니다. 그가 몰록이라는 이름을 밝히고 그에 대해 격렬한 분노를 퍼부을 때, 그는 조금 구체적이려고 했던 것 같습니다. 그러나 그것은 어디까지나 아무도 보지 않는 자신의 노트에다 글을 씀으로 해서였습니다……. 아, 그중에서 그의 죽음은 가장 명징한 상징이었습니다. 그는 자신의 글 속에 나오는 주인공 노인처럼 독특한 방식의 죽음을 택함으로써 몸으로 증거한 것입니다. 죽음으로 말한 것입니다. 개들에게 물려 죽는 죽음을 택함으로써 스스로 하나의, 움직일 수 없는 상징이 된 것입니다……."

"너, 지금 무슨 소리를 하는 거야. 이 자식이 죽을라고 환장을 했군. 도대체 누구 이야기를 하는 거야. 니가 말하는 그 작자가 누구야."

더 이상은 도저히 참고 들어줄 수가 없다는 뜻이었을까. 사내는 나의 말을 잘랐다. 나는 입을 다물어 버렸다. 이름을 대, 이름을……. 사내는 주먹으로 책상을 내리쳤다. 쾅 소리가 벽면에 부딪쳤다가 자잘하게 부서져서 바닥에 떨어져 내리고 있었다.

"최상택입니다. 나의 친구……."

"누구라고?"

"최상택……."

나는 틀림없이 그렇게 말했다. 그 순간에 내 안에서 상택과 희규는 비로소 화해를 했다.

"이 자식이 누굴 놀리나. 횡설수설대면서 할 말은 다 하겠다는 수작 아냐? 아직도 맛을 더 봐야겠단 말이지? 어이, 이 자식 안 되겠어. 더 돌려."

사내가 옆문을 열고 소리 질렀다. 그놈이 들어올 것이다. 머리를 짧게 깎은 근육질의 남자……. 이제까지 나를 취조하던 사내는 옆방으로 들어가서 조금 쉴 테지. 나의 신음 소리를 들으면서 잠시 눈을 붙이거나 좋아하는 노래라도 흥얼거릴지 모른다. 비가 오면 생각나는 그 사람. 언제나 말이 없던 그 사람. 사랑의 괴로움을 몰래 감추고…….

나는 아까부터 작자의 얼굴이 어떻게 생겼는지 몹시 궁금했다. 목소리만으로는 도저히 얼굴을 짐작할 수가 없었다. 그가 나의 욕망을 눈치 챘을 리가 없는데, 옆방으로 들어가기 전에 사내는 천천히 걸어서 내 앞으로 다가왔다. 그는 얼굴에 색안경을 끼고 있었다. 고문의 피해자에게서 자신의 얼굴을 보호하려는 속셈일 것이라고 나는 편하게 생각했다. 사내는 나의 얼굴 가까이 대고 속삭이듯 말했다.

"잠시 후에 보자. 그때까지 살아 있다면 말이다. 너희 놈들 다루는 데는 이골이 난 사람이다. 아무도 나를 당해 낸 사람은 없었다. 너도 오래가지는 못할 것이다. 결국 거짓말로라도 자백하고 말 것이다. 거짓으로라도 너의 아비, 너의 어미, 너의 애인까지 팔아 제끼면서 살려 달라고 호소하게 될 것이다. 내 바짓가랑이를 붙들고 애원하게 될 것이다. 곧 그렇게 될 것이다. 나의 말을 기억해라. 나는 너희 놈들을 다루는 데는 이골이 난 사람이다. 여기서 병신이 되어 나간 사람이 한둘이 아니다. 내 말을 기억해라. 그리고 조금 쉬어라. 휴식은 길지 않다. 백을 셀 수 있을 정도로 아주 잠깐이지만, 그동안 눈이라도 붙여 두는 것이 좋을 거다."

나는 치가 떨렸다. 마치 악마가 속삭이는 것 같았다. 마치 악마가 내 귀에다가 독을 퍼붓는 것 같았다. 나는 몸을 떨었다. 아직 몸이 떨리기도 하는가. 감정의 작용에 따라서 아직도 몸이 움직여 주는가……. 나는 그 사실이 놀랍고 신기할 지경이었다.

사내가 몸을 일으켰고, 색안경을 벗었다. 마침내 나는 그 작자의 얼굴을 보았다. 그리고 나는 움찔 놀랐다. 사내의 한쪽 눈자위가 흉하게 일그러져 있었다.

8

꿈을 꾸었다. 어이가 없다. 그 와중에서도 꿈이 꾸어지다니. 나는 바닥에 드러누워 있었다. 정신을 잃고 쓰러져 있었다. 아, 내 몸에 가해지던 그 무수한 폭력에 대해 나는 더 이상 이야기하고 싶지 않다. 나는 사내의 말대로 항복했다. 나는 아버지, 어머니도 팔수 있다고 말했다. 나는 사회의 혼란을 조성하려는 임무를 띠고이 도시에 잠입했다고 대답했다. 그들은 계엄령 선포와 함께 잡아들인 한 유력한 재야 인사와의 관련을 실토하라고 했고, 나는 그렇게 했다. 그가 지시를 내렸다고 대답했다. 그가 소요를 배후 조종하라고 시켰노라고 대답했다. 그에게서 필요한 활동 자금도 받았노라고 말했다. 그는 빨갱이라고 말했다……. 그리고 나는 지쳐 쓰러졌다. 어이없는 잠이 폭포처럼 쏟아져 내렸다. 나는 폭포를 뒤집어썼다.

꿈속에서 나는 거대하고 무시무시한 형상을 한 몰록의 신상을보았다. 몰록의 발 아래 무수하게 많은 인간들이 꿈틀거리면서 신음하고 있었다. 몰록의 거대한 발이 그들을 짓밟고 있었다. 그런데도, 아니, 그렇기 때문에, 인간들은 자신의 몸을 기꺼이 제단 위에 바치고 있었다. 몰록의 입에서 나온 불이 그들을 태우고 있었다. 그런데도 그들의 표정에는 전혀 고통이 얹혀 있지 않았다. 이해할 수 없는 황홀감으로 얼굴이 번들거리고 있었다……. 마침내나의 몸에도 불이 붙었다. 나는 뜨거워서 몸을 굴리기 시작했다.

왼쪽으로, 오른쪽으로, 다시 왼쪽으로……. 점점 동작은 둔해지고 나의 몸은 까맣게 숯이 되어 가고 있었다. 그 마지막 순간에 나는 고개를 들어 그 몰록의 형상을 올려다보았다.

몰록은 사납고 난폭한 개의 형상을 하고 있었다. 나는 소리 질렀다. 저것은, 저것은……. 그러나 아무도 나의 소리를 알아듣지 못했다. 나의 말을 알아들을 수 있는 귀를 가진 사람은 아무도 없었다.

•••
이승우 연보

1959년	2월 21일 전라남도 장흥군 관산읍 신동리에서 출생.
1972년(13세)	중학교 2학년 때 서울로 이사 옴.
1978년(19세)	서울신학대학에 입학. 연극과 문학에 심취.
1981년(22세)	대학교 3학년 때 군대를 가기 위해 휴학을 하였으나, 폐가 나빠 1년간 쉬면서 소설 쓰기에 전념. 5월 교황 요한 바오로 2세가 교황청 앞뜰에서 교인들을 접견하던 중 한 터키인의 저격으로 부상을 입은 교황 저격 사건으로부터 영감을 받아 쓴 중편 「에리직톤의 초상」이 『한국 문학』 신인상에 당선.
1983년(24세)	서울신학대학 졸업 후 연세대학교 연합신학대학원 입학.
1984년(25세)	문형렬, 김제철, 양헌석, 황영옥, 정길연, 신광식, 유정룡 등과 함께 동인 '소설 시대' 에 참여.
1987년(28세)	창작집 『구평목 씨의 바퀴벌레』(문학과지성사) 출간.
1988년(29세)	창작집 『그의 수렁』(고려원) 출간.
1989년(30세)	창작집 『일식에 대하여』(문학과지성사) 출간.
1990년(31세)	장편 『에리직톤의 초상』(살림) 출간.

1991년(32세) 창작집 『세상 밖으로』(고려원), 장편 『가시나무 그늘』 (중앙일보사), 산문집 『향기로운 세상』(살림), 장편 『따 뜻한 비』(책나무) 출간.

1992년(33세) 장편 『생의 이면』(문이당), 장편 『황금 가면』(고려원) 출간.

1993년(34세) 『생의 이면』으로 제1회 대산 문학상을 받음.

1994년(35세) 창작집 『미궁에 대한 추측』(문학과지성사), 산문집 『길 을 잃어야 새 길을 만난다』(책나무) 출간.

1995년(36세) 장편 『내 안에 또 누가 있나』(고려원) 출간.

1996년(37세) 장편 『사랑의 전설』(문이당), 『생의 이면』(문이당) 개정 판 출간. 창작 동화 『가가의 모험』(국민서관) 출간. 독일 어판 『생의 이면(Die Ruckseite des Lebens)』(Horle- mann) 출간.

1997년(38세) 콩트집 『1년 3개월 7일』(하늘연못), 산문집 『아들과 함 께 춤을』(아세아 미디어) 출간.

1998년(39세) 장편 『태초에 유혹이 있었다』(문이당), 창작집 『목련공 원』(문이당) 출간.

1999년(40세) 산문집 『내 영혼의 지도』(살림) 출간.

2000년(41세) 장편 『식물들의 사생활』(문학동네), 산문집 『언제나 그런 것은 아니지만 대체로 그렇다』(늘 푸른 소나무) 출간. 프 랑스어판 『생의 이면(L'Envers de la Vie)』(Zulma) 출간.

2001년(42세)   창작집 『사람들은 자기 집에 무엇이 있는지도 모른다』 (문학과지성사) 출간.

2002년(43세)   창작집 『나는 아주 오래 살 것이다』(문이당) 출간. 이 작품으로 제15회 동서 문학상 받음. 동화집 『아빠는 내 친구』(명예의 전당) 출간.

2004년(45세)   독일어판 『미궁에 대한 추측(Vermutungen über das Labyrinth)』(Pendragon) 출간.

2005년(46세)   창작집 『심인 광고』(문이당), 장편 『끝없이 두 갈래로 갈라지는 길』(창해) 출간. 영어판 『생의 이면(The reverse side of life)』(Peter Owen) 출간.
현재 조선대학교 문예창작학과 교수.

가시나무 그늘

초판 1쇄 인쇄일 · 2005년 11월 5일
초판 1쇄 발행일 · 2005년 11월 10일
지은이 · 이승우
그린이 · 이보름
펴낸이 · 임성규
펴낸곳 · 문이당

등록 · 1988. 11. 5. 제 1-832호
주소 · 서울시 성북구 동소문동 4가 111번지
전화 · 928-8741~3(영) 927-4990~2(편)
팩스 · 925-5406
ⓒ 이승우, 2005

홈페이지 http://www.munidang.com
전자우편 webmaster@munidang.com

ISBN 89-7456-307-X 83810
